チョッ　タン　ゲ

첫단계

ゴ

한국어

はじめての韓国語

曺述燮・柳朱燕 著

白帝社

音声ダウンロードサービスについて

■ このテキストの音声ファイル(MP3)を無料でダウンロードすることができます。
「白帝社　チョッタンゲ ハングゴ　はじめての韓国語」で検索、または以下のページにアクセスしてください。

https://www.hakuteisha.co.jp/news/n55806.html

● 本文中の 00 マークの箇所が音声ファイル(MP3)提供箇所です。PCやスマートフォンなどにダウンロードしてご利用ください。

＊デジタルオーディオプレーヤーやスマートフォンに転送して聞く場合は、各製品の取り扱い説明書やヘルプ機能によってください。

＊各機器と再生ソフトに関する技術的なご質問は、各メーカーにお願いいたします。

はじめに

アンニョンハセヨ? (안녕하세요?)

皆さん！『첫단계 한국어 (はじめての韓国語)』にようこそ。お会いできて嬉しいです。첫단계とは第一段階を意味し、韓国語を学習し始めたばかりのみなさんが、このテキストを通じで修得した韓国・韓国語の知識を土台に今後も韓国語学習を継続していきたいと思える動機付与ができることを目指して名付けられております。

本書は、大学の韓国語の入門授業用の教材として作成された韓国語入門者向けのテキストです。20年以上にわたり、大学や社会人を対象に韓国語教育に携わってきた経験を活かし、大学での韓国語教育の教材としての使用を第一の目的に執筆され、更にはこれから韓国語を学ぼうとする学習者向けの独習用教材としても利用できるように、「わかりやすい」「楽しく学べて役にたつ」ことをモットーに作成されました。このテキストを手にした方々の韓国語基礎の習得が順調であり、学習の次のステップへの移行の礎となりますことを願っております。

まず第1～5課「I　文字と発音」では、朝鮮王朝第4代国王世宗大王の愛民精神のもと国家的なプロジェクトとして創製された文字であるハングルの体系と発音の習得ができるように構成しております。毎課ごとの学習量を図りながら、文字通り韓国固有の文字であるハングルの記号体系を効率よく習得できるよう段階的に順を追って説明を付しており、その後は、課ごとに提示された学習内容が習得できているか否かを自ら確認できるよう、読み書きを伴う練習問題を付しております。

第6～15課「II　文法と会話」では、韓国語を学んでいる日本人が、旅行や留学などで韓国に出かけ、韓国人に声をかけたりする場面でごく普通に用いられる短文表現が中心となる韓国語の文法と会話編で構成されております。第6～10課までは、日常使用の短文表現を通じて、韓国語語彙の習得、基本語法の理解ができるようにつとめ、第11～15課では、第6～10課で学習した短文表現の語法に少々応用を効かせた表現を盛り込むことで、自分の日常の表現の欲求を少しだけでも満たしていく、それで韓国語学習の次のステップへの更なる思いに繋げていけるようにつとめております。

今日、K-POP や韓国ドラマ・映画など日韓文化交流が再び活発になり、身近なところで韓国の言葉と文化に触れる機会が多くなっており、韓国語学習にチャレンジする方も少なくないと聞きます。隣国として2,000年以上の交流の歴史を持つ日韓となれば恩愛のみならぬ悪しき出来事も起こるものでしょう。しかし、だからこそ韓国語を学ぶことで韓国や韓国人、韓国文化をより知り、理解し、「私」として語れる韓国、「私」だから語れる韓国に近づいてみたいと思いませんか。そのような新境地に向かい自らを開いていける素敵な一歩を歩み出してみましょう。

『첫단계(チョッタンゲ) 한국어(ハングゴ)』著者　記す

目次

Ⅰ 文字と発音

Ⅱ 文法と会話

付録

Ⅰ 文字と発音

풀꽃

자세히 보아야
예쁘다

오래 보아야
사랑스럽다

너도 그렇다.

- 나태주 시집
「꽃을 보듯 너를 본다」 중에서

はじめに　韓国と韓国語

1 韓国について

アジア大陸の北東部に位置する韓半島(朝鮮半島)は3面が海に囲まれており、長さ約1,030キロメートル、陸地の幅が最も狭いところで175キロメートルの細長い形をしています。韓国の総面積は約100,363平方キロメートルで、首都はソウルです。

朝鮮半島(韓国では韓半島と呼ぶ)は、1950年に朝鮮戦争が勃発して以降、北側の朝鮮民主主義人民共和国と南側の大韓民国に分かれています。

気候は日本と似ていて、春・夏・秋・冬の四季がありますが、大陸性気候の影響で日本より気温差が大きく乾燥した日が多いのが特徴です。

韓国の人口はおおよそ5,140万人です。ソウル・首都圏に人口が最も集中しており、釜山広域市、仁川広域市、大邱広域市、大田広域市、光州広域市、蔚山広域市の順に人口が集まっています。

무궁화(無窮花; ムグンファ)韓国の国花

2 한글 ハングルについて

(1) ハングルについて

ハングルとは韓国語を表記する文字を言います。ハングルの「ハン(한)」は「大いなる」を、「グル(글)」は「文字または文」を意味します。ハングルは、15世紀中頃、1443年に制定され、1446年に「訓民正音」という名称で公布されました。「訓民正音」とは「民を教える正しい音」という意味です。朝鮮王朝第４代の国王世宗(세종 セジョン)が諸外国の文字と音韻体系について研究を重ね、漢字とは別個の民族固有の文字を創製しました。

ハングルは、子音字と母音字を組み合わせて言葉の音声を記す表音文字です。

ハングル	ㅁ ＋ ㅏ → 마
ローマ字	m ＋ a → ma
ひらがな	ま

子音と母音の組み合わせには大きく分けて「子音＋母音」、「子音＋母音＋子音」の二つに区分できます。

사
四

子音	母音
s	a

子音	母音
s	a
子音 n	

산
山

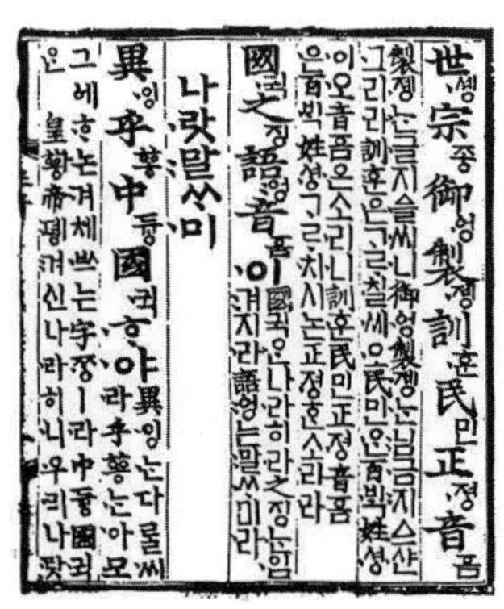

⑵ ハングルの制字原理

「ハングル」は音と文字が緊密な関係で、少ない数の字母で非常に多くの音を表記することができます。また、「ハングル」は創製当時「訓民正音解例本」という解説書を書いて子音・母音の制字原理をはっきり記録しており、韓国語ならではの音声学的特徴を反映して文字を制作したと説明しています。すなわち、ハングルは独創的な文字で、読み書きが簡単でありながら多数の音声が表現できること、そして発声器官を模して科学的に創製された他の国にない文字という点などが高く評価され、ユネスコ世界記録遺産にも登録されております(1997年)。

ハングルの母音字は、あらゆるものの根源となる「天、地、人」をかたどり、天を表す点「·」(現在は短い棒で定着)、地を表す長いよこ棒「ㅡ」、人を表す長いたて棒「ㅣ」の組み合わせからできています。

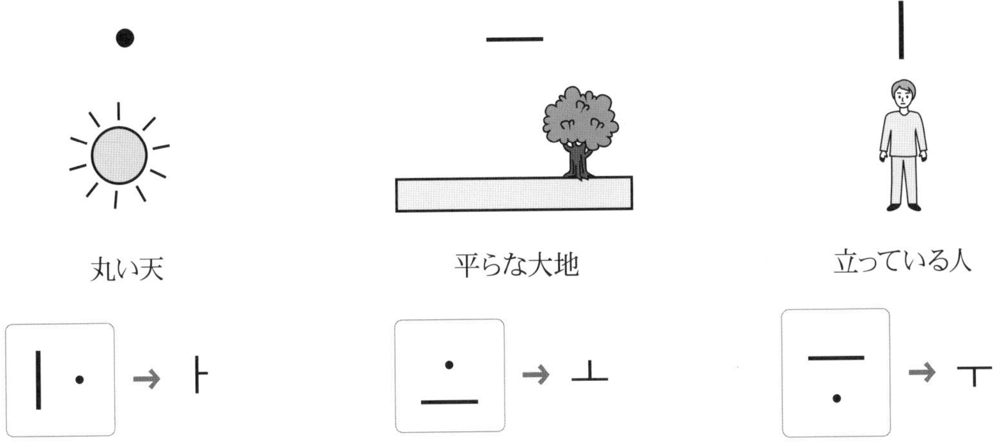

ハングルの子音字は、発音するときの調音器官：臼歯、舌、唇、歯、喉をかたどって基本子音字「ㄱ,ㄴ,ㅁ,ㅅ,ㅇ」を作り、そこに画を加えて同一系統の子音字を派生させて作りました。

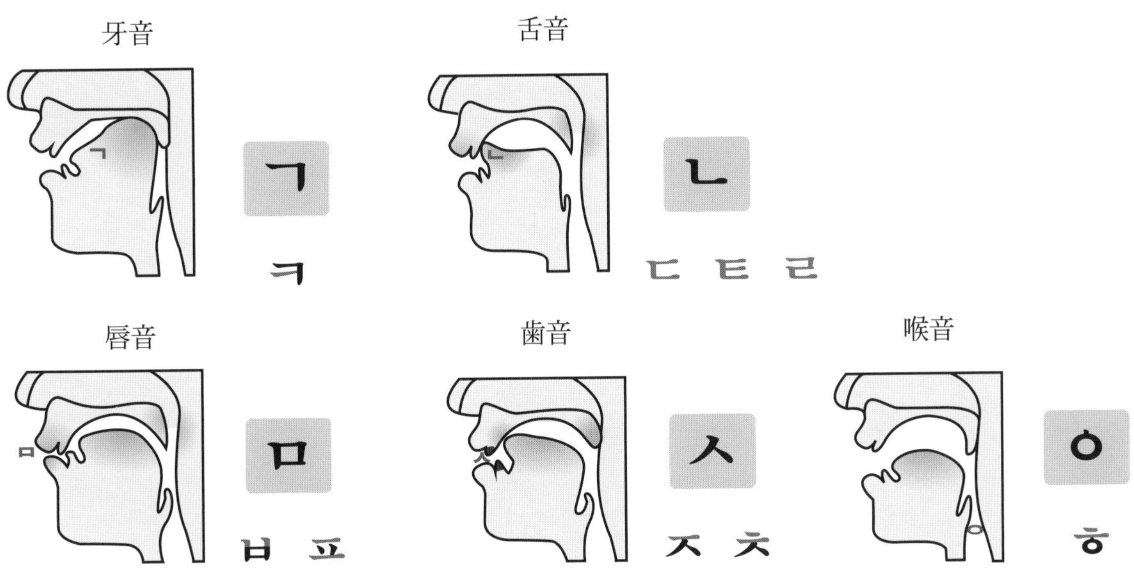

3 韓国語と日本語の類似点

⑴ 語順が似ている

文の構造が日本語とほぼ同じで、基本的に「SOV(主語－目的語－述語)」の語順をとります。

저	는	대학교	에서	한국어	를	배웁니다.
私	は	大学	で	韓国語	を	習います。

⑵ 助詞がある

日本語と同じように助詞があり、その使い方もとても似ています。

친구	는
友達	は

친구	가
友達	が

친구	를
友達	を

친구	에게
友達	に

⑶ 漢字語の読み方が似ている

韓国語はハングルで表記しますが、単語の起源によって固有語、漢字語、外来語の3種類があります。その中でも漢字の音を組み合わせた漢字語が7割くらいで、意味も日本語と同じものが多く、読み方も日本語の音読みと似ているものが数多くあります。韓国語の漢字語は基本的に一つの漢字に一つの読み方しかないため、漢字語の読み方を覚えれば語彙を増やしやすいです。

도	로
道	路

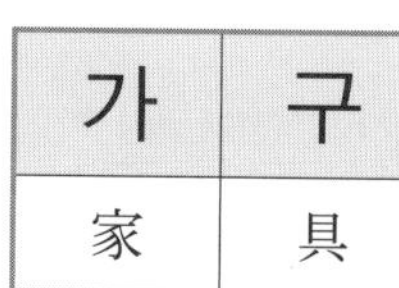

가	구
家	具

도	구
道	具

⑷ 用言の語尾活用がある

韓国語は日本語と同様に述語の基本形の語尾を活用させ、様々な意味を表します。

먹	다
食べ	る

먹	어요
食べ	ます

먹	지 않아요
食べ	ません

먹	었어요
食べ	ました

第1課　안녕하세요?

안녕하세요?

네, 안녕하세요?

안녕?

그래, 안녕?

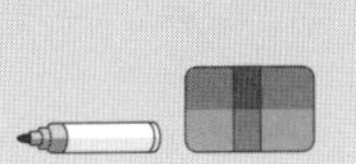

新しい語彙

안녕하세요?　安寧(안녕)でいらっしゃいますか、お元気ですか、ご無事ですか(基本形「안녕하다：安寧だ」＋「-세요?：～でいらっしゃいますか(非格式敬語해요体)」)

네　はい

안녕?　安寧か、元気か、無事か

그래　うん

本文の訳

おはようございます。

はい、おはようございます。

おはよう。

うん、おはよう。

解 説

「안녕하세요?」は朝・昼・晩の時間帯にかかわらず使える出会いの挨拶で、目上の人や初対面の人にも使える挨拶です。返事も「안녕하세요?」と返します。「안녕?」は年齢が近くて親しい友達や若い人同士で使う挨拶です。出会いにも別れにも使えます。

1 基本母音字10個

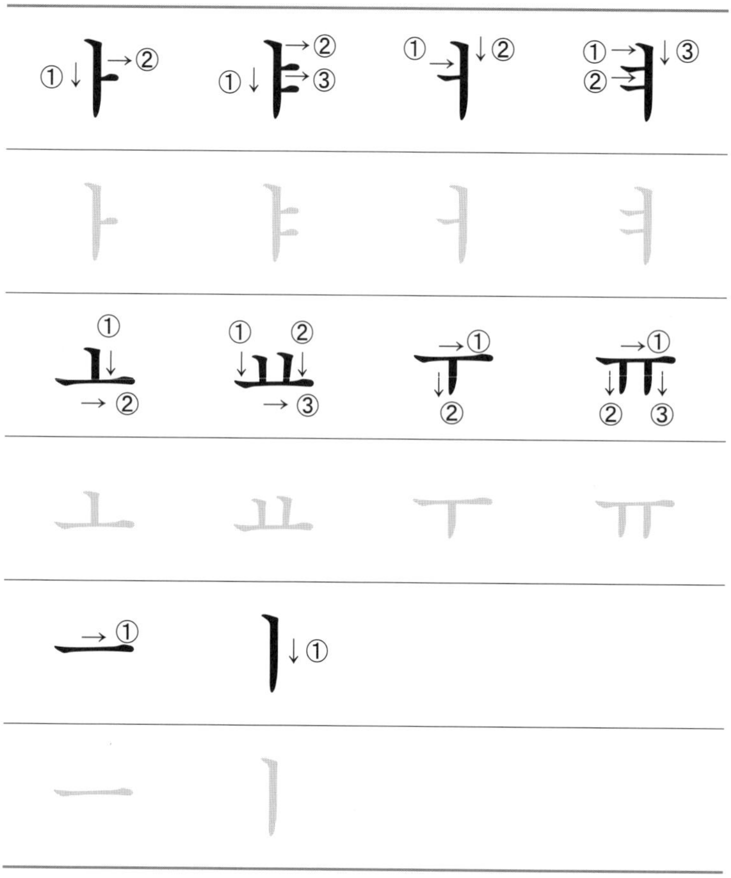

①↓ㅏ→②	①↓ㅑ→② →③	①→ㅓ↓②	①→ ②→ㅕ↓③	口を大きく開けて
ㅏ	ㅑ	ㅓ	ㅕ	
①ㅗ↓ →②	① ② ↓ㅛ↓ →③	→①ㅜ↓②	→①ㅠ↓↓ ② ③	唇を丸く突き出して
ㅗ	ㅛ	ㅜ	ㅠ	
ㅡ→①	ㅣ↓①			唇を横に引いて
ㅡ	ㅣ			

筆順は、漢字を書くときと同じく、左から右へ、上から下へ書きます。「아」を書くときは、左の「ㅇ」を先に書いてから、縦の棒「ㅣ」に横に短い棒を添えて「아」と完成させます。韓国語の「ㅇ」は上から書き始めて時計の反対回りに書きます。

ハングルはフォントのスタイルによって、小さな点が付いた形になっていたり(「ㅇ」)、書きはじめが少し曲がった形になっていたり(「ㅣ」)しますが、手書きで書くときは、「ㅇ」はできるだけ丸く、縦横の棒「ㅣ」や「ㅡ」はできるだけまっすぐに書きます。

• 母音字の書き方

① 韓国語の「ㅇ」は上から左回り

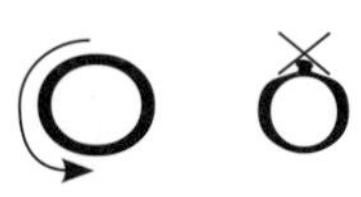

② 手書きはまっすぐ一直線に

2 基本母音字の練習

練習 ① 基本母音字を書きながら覚えましょう。

아	야	어	여	오	요	우	유	으	이

練習 ② 次は発音の区別が難しい母音字のペアです。正しく発音してみましょう。 03

아 vs 어　　어 vs 오

야 vs 여　　여 vs 요

어 vs 으　　우 vs 으

練習 ③ 次の単語を発音してみましょう。

04

이, 오  	아이 子ども 	오이 きゅうり 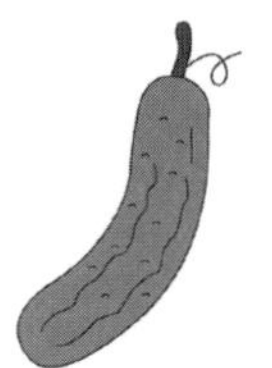
여우 キツネ 	우유 牛乳 	이유 理由 

練習 ④ 発音しながら書きましょう。

05

아이 子ども			
여우 キツネ			
우유 牛乳			
오이 きゅうり			
여유 余裕			
이유 理由			
유아 幼児			
우아 優雅			

練習 ⑤ 音声を聞いて正しい単語を選びましょう。

06

① 아　어　　② 오　우

③ 어　오　　④ 으　이

⑤ 오이　아이　　⑥ 이유　여유

⑦ 여유　여우　　⑧ 우유　유아

第2課 처음 뵙겠습니다.

처음 뵙겠습니다.

잘 부탁합니다.

반갑다, 친구야.

응, 잘 부탁해.

新しい語彙

처음　はじめて

뵙겠습니다　お目にかかります(基本形「뵙다：お目にかかる」＋「−겠습니다：～(し)ます(話者の控えめな気持ちを表す格式敬語합니다体)」)

잘　よく、よろしく

부탁합니다　お願いします(基本形「부탁하다：頼む」＋「−ㅂ니다：～です、～ます(格式敬語합니다体)」

반갑다　嬉しい

친구야　友よ(「친구：友」＋「야：よ(呼格助詞)」)

응　うん

부탁해　よろしくね(基本形「부탁하다」＋「−여：～(する)ね(非格式해体)」)

※“하여”が会話体で“해”になる。

本文の訳

はじめまして。

よろしくお願いします。

会えて嬉しい(よ、友よ)。

うん、よろしくね。

解説

「처음 뵙겠습니다.(はじめてお目にかかります。)」は、初対面の人に対するきちっとしたご挨拶になります。これに対し、同年代の人同士では親しみを込め、「반갑다.(会えて嬉しい。)」くらいのくだけた表現をします。「친구야.」は「友よ。」という意味です。

1 基本子音字(平音9個)

文字	ㄱ	ㄴ	ㄷ	ㄹ	ㅁ
発音	[k/g]	[n]	[t/d]	[r/l]	[m]
書き順	ㄱ ①	ㄴ ①	ㄷ ① ②	ㄹ ① ② ③	ㅁ ① ② ③
文字	ㅂ	ㅅ	ㅇ	ㅈ	
発音	[p/b]	[s]	[ø]	[ʧ/j]	
書き順	ㅂ ① ② ③ ④	ㅅ ① ②	ㅇ ①	ㅈ ① ②	

練習 1 次の基本子音字を書きながら覚えましょう。

ㄱ	ㄴ	ㄷ	ㄹ	ㅁ	ㅂ	ㅅ	ㅇ	ㅈ

2 基本子音字の練習

練習 2 子音と母音を組み合わせて発音しながら書きましょう。 09

	ㅏ	ㅑ	ㅓ	ㅕ	ㅗ	ㅛ	ㅜ	ㅠ	ㅡ	ㅣ
ㄱ	가									
ㄴ		냐								
ㄷ			더							
ㄹ				려						
ㅁ					모					
ㅂ						뵤				
ㅅ							수			
ㅇ								유		
ㅈ									즈	

練習 3 次の単語を発音してみましょう。

고기 肉
나비 蝶
구두 靴
나무 木
유리 ガラス
가수 歌手
아버지 お父さん
어머니 お母さん

基本子音字(平音)の読み方

	語頭	語中
ㄱ	k(カ)	g(ガ)
ㄷ	t(タ)	d(ダ)
ㅂ	p(パ)	b(バ)
ㅈ	ʧ(チャ)	j(ジャ)

単語のかたまりの中、語頭に来る子音は清音で、そうでない子音は濁音で発音します。

練習 4 発音しながら書きましょう。 11

야구 野球			
지도 地図			
요가 ヨガ			
여자 女子			
바나나 バナナ			
모자 帽子			
나라 国			
바지 ズボン			
바다 海			
두부 豆腐			
머리 頭			
우리 私たち			
버스 バス			
누나 姉(弟から見た)			
주스 ジュース			
고구마 さつまいも			

練習 5 音声を聞いて正しい単語を選びましょう。 12

① 마리　머리　　② 모자　부자

③ 부모　보모　　④ 나무　너무

⑤ 구두　두부　　⑥ 지구　시구

第3課　감사합니다.

감사합니다.

아니에요.

미안합니다.

괜찮아요.

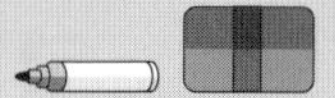

新しい語彙

감사합니다　感謝します(基本形「감사하다：感謝する」＋「-ㅂ니다」)

아니에요　いいえ、違います(基本形「아니다：いや、違う」＋「-에요：～です(非格式敬語해요体)」)

미안합니다　すみません(基本形「미안하다：すまない」＋「-ㅂ니다」)

괜찮아요　大丈夫です(基本形「괜찮다：大丈夫だ」＋「-아요：～です、～ます(非格式敬語해요体)」)

本文の訳

ありがとうございます。

いいえ(どういたしまして)。

すみません。

大丈夫です。

解 説

韓国語で感謝の挨拶は、感謝という言葉から始まる「감사합니다.」、そして「고맙습니다.(ありがとうございます。)」があります。返事は「いいえ」の意味である「아니에요.」を用います。お詫びの時は、普通は「미안합니다.(すみません。)」、または「죄송합니다.(申し訳ありません。)」を用い、「괜찮아요.(大丈夫です。)」と返事します。

1 子音字(激音・濃音)と子音字の体系

(1) 子音字(激音5個・濃音5個)　14

文字	ㅊ	ㅋ	ㅌ	ㅍ	ㅎ
発音	[ʧʰ]	[kʰ]	[tʰ]	[pʰ]	[h]
書き順	①②③	①②	①②③	①②③	①②③
文字	ㄲ	ㄸ	ㅃ	ㅆ	ㅉ
発音	[k']	[t']	[p']	[s']	[ʧ']
書き順	①②	①②③④	①②③④⑤⑥⑦⑧	①②③④	①②③④

(2) 子音字の体系

韓国語の子音は息の出し方によって平音、激音、濃音の3種類に分けられます。平音はスムーズに発音しますが、激音は平音より激しく息を出して、濃音はのどを詰まらせて息をもらさないように発音します。

平音	ㄱ	ㄴ	ㄷ	ㄹ	ㅁ	ㅂ	ㅅ	ㅇ	ㅈ
激音	ㅋ		ㅌ			ㅍ		ㅎ	ㅊ
濃音	ㄲ		ㄸ			ㅃ	ㅆ		ㅉ

練習 1 次の激音・濃音子音字を書きながら覚えましょう。

ㅊ	ㅋ	ㅌ	ㅍ	ㅎ	ㄲ	ㄸ	ㅃ	ㅆ	ㅉ

2 子音字(激音・濃音)の練習

練習② 次の単語を発音してみましょう。 15

코 鼻	차 車	파리 パリ	기타 ギター
토마토 トマト	오빠 兄(妹から見た)	휴지 ちり紙	코끼리 象

単語の読み方

激音と濃音は単語内の語頭・語中に関係なく、それぞれの特徴に合わせて濁らずに発音します。

練習③ 発音しながら書きましょう。 16

아빠 パパ			
도토리 どんぐり			
꼬리 しっぽ			
허리띠 ベルト			
포도 ぶどう			
고추 唐辛子			
커피 コーヒー			
치마 スカート			
노트 ノート			
뿌리 根			
아저씨 おじさん			

3 合成母音字11個

合成母音字は、基本母音を二つ以上組み合わせて作られました。 

	作り方	発音	練習			
애	ㅏ+ㅣ=ㅐ	[ɛ/エ]				
얘	ㅑ+ㅣ=ㅒ	[jɛ /イエ]				
에	ㅓ+ㅣ=ㅔ	[e/エ]				
예	ㅕ+ㅣ=ㅖ	[je/イエ]				
와	ㅗ+ㅏ=ㅘ	[wa/ワ]				
왜	ㅗ+ㅐ=ㅙ	[wɛ/ウエ]				
외	ㅗ+ㅣ=ㅚ	[we/ウエ]				
워	ㅜ+ㅓ=ㅝ	[wɔ/ウオ]				
웨	ㅜ+ㅔ=ㅞ	[we/ウエ]				
위	ㅜ+ㅣ=ㅟ	[wi/ウイ]				
의	ㅡ+ㅣ=ㅢ	[ɯi/ウイ]				

合成母音字の発音

①「예」の発音：「ㅇ」以外の子音が付くと「에」と発音します。 例 시계(時計) → [시게]

②「외」は「ㅗ+ㅣ=ㅚ」の作り方ですが、ハングルが作られた15世紀ごろの発音が消えてしまい、現在は왜、웨とともに「ウエ」と発音されます。

③「의」の発音：i）語頭の場合は「ウイ」と発音：의사(医者) → [의사]

ii）語頭以外の場合は「イ」と発音：주의(注意) → [주이]

iii）助詞「の」の場合は「エ」と発音：누나의 요리(姉の料理) → [누나에 요리]

4 合成母音字の練習

練習 4 次の単語を発音してみましょう。 18

개 犬	게 蟹	얘기 話	시계 時計
사과 りんご	돼지 豚	가위 ハサミ	회사 会社

練習 5 発音しながら書きましょう。 19

네/예 はい			
뭐 何			
과자 菓子			
해외 海外			
샤워 シャワー			
귀 耳			
웨이터 ウェイター			
의자 椅子			
예매 前売り			

練習 6 音声を聞いて正しい単語を選びましょう。 20

① 왜　　와

② 웨　　워

③ 의　　위

④ 애기　　얘기

⑤ 지　　쥐

⑥ 과자　　겨자

練習 ⑦ 音声を聞いて正しい単語を選びましょう。 21

① 보도	포도		② 부리	뿌리
③ 카드	카트		④ 고리	꼬리
⑤ 타다	따다		⑥ 차다	짜다
⑦ 사다	싸다		⑧ 피	비

練習 ⑧ 次の韓国語の外来語を読んで、英語と一致するように線でつなぎましょう。

① 스웨터 •	• menu
② 워터 •	• waiter
③ 메뉴 •	• water
④ 샤워 •	• Africa
⑤ 스위스 •	• Canada
⑥ 웨이터 •	• sweater
⑦ 아프리카 •	• shower
⑧ 유튜브 •	• superstar
⑨ 슈퍼스타 •	• Swiss
⑩ 캐나다 •	• YouTube

第4課　많이 드세요.

많이 드세요.

잘 먹겠습니다.

많이 먹어.

응, 너 뿐이야.

新しい語彙

많이　たくさん

드세요　召し上がってください(基本形「들다：召し上がる」＋「-세요：~(し)てください(命令を表す非格式敬語해요体)」)

먹겠습니다　いただきます(基本形「먹다：食べる」＋「-겠습니다」)

먹어　食べて(基本形「먹다：食べる」＋「-어：~(し)て(命令を表す非格式해体)」)

너　君、あなた

뿐　だけ

이야　~だ(基本形「이다：~だ」＋「-야：~だ (非格式敬語해体)」

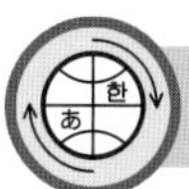

本文の訳

(どうぞ)たくさん召し上がってください。

いただきます。

たくさん食べて。

うん、(私のことを気にかけてくれるのは)あなただけね。(感動！)

解 説

食事の時、料理を用意した人が「どうぞ、遠慮なく召し上がってください。」と料理を勧めるときに、「많이 드세요.(たくさん召し上がってください。)」と声をかけます。すると、「美味しくいただきます。」という意味で、「잘 먹겠습니다.(いただきます。)」と返事をして食べ始めます。

1 終声子音字(받침 パッチム)の発音

「子音＋母音＋子音」で組み合わさるハングルの最後の子音字をパッチムと言います。パッチムは「下敷き」の意で、いろいろな形がありますが、発音は次の7つで代表されます。 23

発音	k	n	t	l	m	p	ŋ
文字	ㄱ,ㅋ,ㄲ	ㄴ	ㄷ,ㅌ ㅅ,ㅆ, ㅈ,ㅊ,ㅎ	ㄹ	ㅁ	ㅂ,ㅍ	ㅇ
	ㄳ,ㄺ	ㄵ,ㄶ	ㅄ,ㄿ	ㄼ,ㄽ,ㄾ,ㅀ	ㄻ		
例	악	안	앋	알	암	압	앙
	アク	アヌ	アッ	アル	アム	アプ	アン

練習 1 次の単語を発音してみましょう。 

수박 スイカ	학교 学校	가족 家族	닭 鶏
숟가락 スプーン	젓가락 箸	꽃 花	맛있다 おいしい ★連音化
집 家	비빔밥 ビビンバ	지갑 財布	아홉 九つ
물 水	하늘 空	일본 日本	할머니 祖母
곰 熊	이름 名前	사람 人	김치 キムチ
눈물 涙	친구 友達	언니 姉(妹から)	신문 新聞
강 川	홍차 紅茶	가방 かばん	냉장고 冷蔵庫

2 終声子音字の練習

練習 2 発音しながら書きましょう。 25

봄 春			
여름 夏			
가을 秋			
겨울 冬			
한국 韓国			
식당 食堂			
우산 傘			
사랑 愛			
좋다 良い			
여덟 八つ			
읽다 読む			
마음 心			
책 本			
학생 学生			
공책 ノート			

練習 3 音声を聞いて正しい単語を選びましょう。 26

① 방　　밖　　② 술　　숲

③ 곧　　공　　④ 시작　　시장

⑤ 얼마　　엄마　　⑥ 사랑　　사람

27

3 韓国語の発音規則1：連音化

ハングルは、発音を容易にするために前後の音が影響し合って発音が変わることがあります。ここではパッチムの次に母音字が来るときの発音の変化を紹介します。その中で最も基本となるのが連音化です。

⑴ 1文字パッチムの連音化

パッチムの後に母音が来るとパッチムは次の母音の方に移って発音されます。

⑵「ㅇ」の連音化

「ㅇ」パッチムの場合、後に母音が来ても連音化しないまま鼻濁音として発音されます。

⑶「ㅎ」の弱化

パッチム「ㅎ」は次に母音が来ると発音されません。

⑷ 2文字パッチムの連音化

二つ異なる子音字がパッチムとして一緒に用いられている場合、右側の子音字は次の母音の方に移って発音されます。

練習④ 次の単語を発音通りにハングルで書きましょう。 28

① 음악　音楽		② 전화　電話	
③ 일본어　日本語		④ 괜찮아요　大丈夫です	
⑤ 강아지　子犬		⑥ 많이　たくさん	

第5課　안녕히 가세요.

29

안녕히 가세요.

안녕히 계세요.

그럼, 안녕!

응, 잘 가.

新しい語彙

안녕히　安寧に、お元気に、ご無事に

가세요　お行きください、お帰りください(基本形「가다：行く、帰る」＋「-세요」)

계세요　お過ごしください(基本形「계시다：過ごされる」＋「-세요」)

그럼　それでは

안녕　安寧、さよなら、バイバイ

가　行って、帰って(基本形「가다」＋-아：~(し)て(命令を表す非格式해体)」)

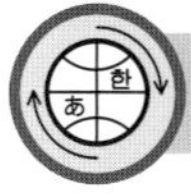

本文の訳

(去っていく人に)さよなら。お気をつけてお帰りください。

(残る人に)さよなら。元気でお過ごしください。

では、さよなら。

うん、バイバイ。

解 説

韓国語で別れるときの挨拶は、その場を離れて行く人に対して「안녕히 가세요.」、その場に居残る人に対して「안녕히 계세요.」と言います。「안녕히：安寧に、お元気に、ご無事に」の後ろに、「가세요.(お帰りください。)」と「계세요.(お過ごしください。)」という言葉が組み合わさり、お互いの「無事に帰られること」、そして「健やかに過ごされること」への願いが込められています。

30

1 韓国語の発音規則2：激音化、鼻音化、口蓋音化

⑴ 激音化

「ㅎ」の前後に平音「ㄱㄷㅂㅈ」が置かれる場合、平音は「ㅎ」と合体して激音「ㅋㅌㅍㅊ」として発音されます。

백화점 百貨店 → 배콰점

⑵ 鼻音化

ㄱ類・ㄷ類・ㅂ類の後に「ㄴ,ㅁ」が続くと、ㄱ類・ㄷ類・ㅂ類がそれぞれ鼻音「ㅇ,ㄴ,ㅁ」に変わり発音されます。

막내 末っ子 → 망내

⑶ 口蓋音化

パッチムの「ㄷ,ㅌ」の次に母音「이」が続くと、「ㄷ,ㅌ」はそれぞれの口蓋音「ㅈ,ㅊ」に変わり発音されます。

같이 一緒に → 가치

練習 1 発音しながら書きましょう。

31

① 좋다 良い				
② 입학 入学				
③ 국물 汁				
④ 입니다 です				
⑤ 축하 祝賀				
⑥ 굳이 強いて				

2 日本語のハングル表記

日本語の名前や地名をハングルで表記する際は、以下の表を参考にして、ハングル表記法の規則に従って書きましょう。

仮名					ハングル					
あ	い	う	え	お		아	이	우	에	오
か	き	く	け	こ	語頭	가	기	구	게	고
					語中・語尾	카	키	쿠	케	코
さ	し	す	せ	そ		사	시	스	세	소
た	ち	つ	て	と	語頭	다	지	쓰	데	도
					語中・語尾	타	치	쓰	테	토
な	に	ぬ	ね	の		나	니	누	네	노
は	ひ	ふ	へ	ほ		하	히	후	헤	호
ま	み	む	め	も		마	미	무	메	모
や		ゆ		よ		야		유		요
ら	り	る	れ	ろ		라	리	루	레	로
わ				を		와				오
が	ぎ	ぐ	げ	ご		가	기	구	게	고
ざ	じ	ず	ぜ	ぞ		자	지	즈	제	조
だ	ぢ	づ	で	ど		다	지	즈	데	도
ば	び	ぶ	べ	ぼ		바	비	부	베	보
ぱ	ぴ	ぷ	ぺ	ぽ		파	피	푸	페	포
きゃ		きゅ		きょ	語頭	갸		규		교
					語中・語尾	캬		큐		쿄
しゃ		しゅ		しょ		샤		슈		쇼
ちゃ		ちゅ		ちょ	語頭	자		주		조
					語中・語尾	차		추		초
にゃ		にゅ		にょ		냐		뉴		뇨
ひゃ		ひゅ		ひょ		햐		휴		효
みゃ		みゅ		みょ		먀		뮤		묘
りゃ		りゅ		りょ		랴		류		료
ぎゃ		ぎゅ		ぎょ		갸		규		교
じゃ		じゅ		じょ		자		주		조
びゃ		びゅ		びょ		뱌		뷰		뵤
ぴゃ		ぴゅ		ぴょ		퍄		퓨		표
(撥音)ん					(パッチム)ㄴ					
(促音)っ					(パッチム)ㅅ					
長音					表記しない					

日本語の名前や地名をハングルで表記する際には、以下のような規則があります。

① 日本語の「カ行・タ行・キャキュキョ・チャチュチョ」は「語頭(単語の始め)」では平音で、「語中・語尾」では激音で書きます。

かたかな	かき
가타카나	가키

② 濁音の表記は位置に関係なく「語頭」の表記と同じ表記になります。

ひらがな	ダイヤ
히라가나	다이야

③ 長音はローマ字表記と同じで、表記しません。

とうきょう	きゅうしゅう
도쿄	규슈

④「ん」はパッチムの「ㄴ」に、促音の「っ」はパッチムの「ㅅ」で表します。

かんさい	さっぽろ
간사이	삿포로

⑤ 日本人の名前を書くときには、名字と名前の間に分ち書き(スペース入り)をして書きます。その際、名前の最初の字は「語頭」の扱いになります。

たなか　きょうこ	다나카　교코

練習 2 次の日本語の地名や名前をハングルで書きましょう。

① 北海道(ほっかいど)		② 九州(きゅうしゅう)	
③ 仙台(せんだい)		④ 福岡(ふくおか)	
⑤ 東京(とうきょう)		⑥ 沖縄(おきなわ)	
⑦ 名古屋(なごや)		⑧ かとう　きょうこ	
⑨ 京都(きょうと)		⑩ せん　ちひろ	
⑪ 大阪(おおさか)		⑫ すずき　りゅう	

練習 3 自分の名前と出身地をハングルで書きましょう。

名前	
出身地	

3 スマートフォンでのハングルの入力

(1) キーボードの設定

① iPhoneの場合

「設定」➔「一般」➔「キーボード」➔ もう一回「キーボード」➔ 下の方に出てくる「新しいキーボードを追加」をクリック ➔ 出てきた言語のリストの中から「韓国語」を選択 ➔「標準(표준)」と「10キー(10키)」という2つの選択肢が出てきたら「標準」を選択し、「完了」を押す。

② Androidの場合

※アンドロイドの場合は、端末ごとに入力設定の流れが少し違う可能性があります。

「設定」➔「他の設定」➔「言語と入力」➔「仮想キーボード」➔「Gboard」➔「言語」➔ 下の方にある「キーボードを追加」➔ 画面の上にある検索窓に「韓国語」と入力し、表示される「韓国語」を選択 ➔ 表示された選択肢の中から「2 Bulsik(2벌식)」を選択して、右下の「完了」を押す。

スマートフォンでの韓国語キーボードの文字の配列は以下の通りです。

パソコンでの韓国語キーボードの文字の配列は以下の通りです。

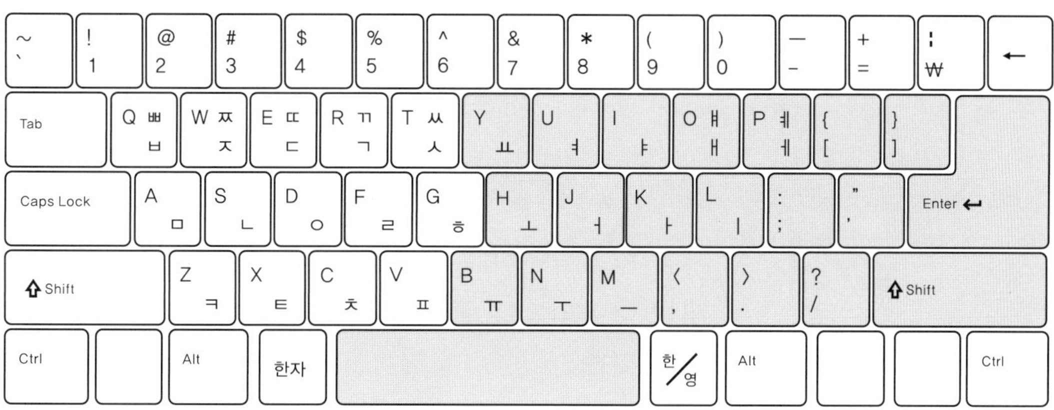

⑵ 入力方法

下のハングルのキーボード上にある文字列の配置を見ると、左側は子音字、右側は母音字になっています。ハングルの組み合わせ順の「子音＋母音」の順で入力します。例えば、「다리(脚、橋)」の入力は、ㄷ+ㅏ+ㄹ+ㅣの順で押します。

濃音や「ㅒ, ㅖ」(右側のキーボード上に丸で囲んである字)を入力したいときは、左にある矢印マークを1度押すと表示されます。パソコンでは「Shift↑」キーを押しながら該当する字のキーを押して入力します。

韓国語文は、文節ごとにスペースを入れた「分ち書き」で完成されます。下はその例で、□のところにはスペースキーが押されます。

저는□다나카예요.□일본사람이에요.　　(私は田中です。日本人です)

最後にハングル文字を使った絵文字を紹介します。「ㅎㅎㅎ(ははは)」、「ㅋㅋㅋ(くくく)」、「ㅍㅍㅍ(ぷぷぷ)」、「ㅍㅎㅎ(ぷはは)」などは笑い声を表し、「ㅜㅜ」、「ㅠㅠ」、「ㅡㅜ」などは涙ぐむ顔を表したもので、それぞれ場面や気分によって使い分けます。また、「ㅇㅋ←**오케이**(オッケー)」、「ㅇㅇ←**응**(うん)」、「ㅇ←**어**(うん)」、「ㄱㅅㄱㅅ←**감사감사**(感謝感謝＝ありがとう)」などは、字をすべて書かずに最初の子音だけを書いて意を示す例です。

練習 ③ 次の文章を読み、スマートフォンで入力してみましょう。

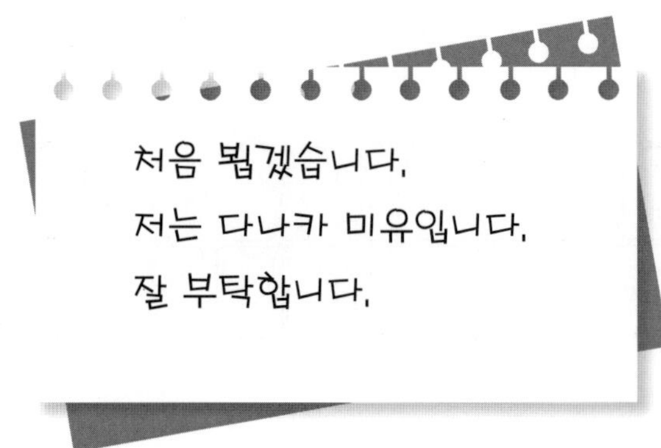

처음 뵙겠습니다.
저는 다나카 미유입니다.
잘 부탁합니다.

II 文法と会話

너에게 묻는다

연탄재 함부로 발로 차지 마라

너는

누구에게 한 번이라도

뜨거운 사람이었느냐

- 안도현 시집
「외롭고 높고 쓸쓸한」 중에서

第6課 일본사람이에요?

32

수길 : 미유 씨는 일본사람이에요?

미유 : 네, 저는 일본사람이에요.

수길 씨도 일본사람이에요?

수길 : 아니요, 저는 한국사람이에요.

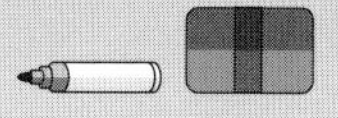

新しい語彙

씨　~さん、~氏
는/은　~は
일본사람　日本人
예요?/이에요?　~ですか
저　私、わたくし
도　~も
아니요　いいえ(基本形「아니다」+「-요：~です、~ます(해요体に該当する非格式体語尾)」)
한국사람　韓国人

本文の訳

スギル：ミユさんは日本人ですか。

ミユ　：はい、私は日本人です。

スギルさんも日本人ですか。

スギル：いいえ、私は韓国人です。

33

1 助詞① 는/은 「～は」

우리는 일본사람 私たちは日本人
선생님은 한국사람 先生は韓国人

日本語の「～は」にあたる助詞。事柄を取り立てたり、対照・強調したりする場合に使われます。前に来る単語の最後の文字にパッチムがない場合は「는」を、パッチムがある場合は「은」を用います。

① 名詞(パッチム無) ＋ 는

우리(私たち) ＋ 는 ➡ 우리는
학교(学校) ＋ 는 ➡ 학교는
언니(姉) ＋ 는 ➡ 언니는
버스(バス) ＋ 는 ➡ 버스는

② 名詞(パッチム有) ＋ 은

일본(日本) ＋ 은 ➡ 일본은
식당(食堂) ＋ 은 ➡ 식당은
한국(韓国) ＋ 은 ➡ 한국은
지하철(地下鉄) ＋ 은 ➡ 지하철은

저는 대학생, 형은 유튜버 私は大学生、兄はユーチューバー
학교는 도쿄, 집은 나고야 学校は東京、家は名古屋

34

2 助詞② 도 「～も」

형도 누나도 가수 兄も姉も歌手

日本語の「～も」にあたる助詞。前に来る単語のパッチムの有無に関係なく「도」を付けます。語順や使い方も日本語の「～も」とほぼ同じです。

커피(コーヒー) ＋ 도 ➡ 커피도
숟가락(スプーン) ＋ 도 ➡ 숟가락도
홍차(紅茶) ＋ 도 ➡ 홍차도
젓가락(箸) ＋ 도 ➡ 젓가락도

엄마도 아빠도 요리사 ママもパパもシェフ
책도 공책도 한국 거 本もノートも韓国のもの

練習 1 次の(　)に適切な助詞を入れてみましょう。

① 象は 코끼리 (　　　)
② 熊は 곰 (　　　)
③ 趣味は 취미 (　　　)
④ 専攻も 전공 (　　　)
⑤ 時計も 시계 (　　　)
⑥ 傘は 우산 (　　　)

❸ キーフレーズ① N예요/이에요 「~です」

형은 **유튜버예요.**	兄は**ユーチューバー**です。
저는 **대학생이에요.**	私は**大学生**です。

日本語の「~です」にあたる表現です。前に来る単語の最後の文字にパッチムがない場合は「예요.」を、パッチムがある場合は「이에요.」を用います。

① 名詞(パッチム無) + 예요

어머니(母)	+ 예요	➜ 어머니예요.	母です。
아버지(父)	+ 예요	➜ 아버지예요.	父です。
요리사(シェフ)	+ 예요	➜ 요리사예요.	シェフです。
취미(趣味)	+ 예요	➜ 취미예요.	趣味です。

② 名詞(パッチム有) + 이에요

한국사람(韓国人)	+ 이에요	➜ 한국사람이에요.	韓国人です。
일본사람(日本人)	+ 이에요	➜ 일본사람이에요.	日本人です。
선생님(先生)	+ 이에요	➜ 선생님이에요.	先生です。
전공(専攻)	+ 이에요	➜ 전공이에요.	専攻です。

중학교 학생이에요.　　中学校の学生です。
고등학교 선생님이에요.　　高校の先生です。

練習 ② 例のように与えられた単語を入れて文を作ってみましょう。

例 저 (私) / 학생 (学生) → 저는 학생이에요.

① 야마다 씨(山田さん) / 일본사람(日本人) → ______

② 오빠(お兄さん) / 대학생(大学生) → ______

③ 제 전공(私の専攻) / 수학(数学) → ______

④ 제 취미(私の趣味) / 노래(歌) → ______

⑤ 우리 할머니(祖母さん) / 간호사(看護師) → ______

⑥ 우리 할아버지(祖父さん) / 의사(医者) → ______

4 キーフレーズ② N예요/이에요? 「~ですか」

A:책이에요? 本ですか。

B:아니요, 노트예요. いいえ、ノートです。

日本語の「~ですか」にあたる表現です。平叙文は文末のイントネーションを下げ、疑問文は文末のイントネーションを上げます。※はい、いいえの用法に注意しましょう。

① 名詞(パッチム無) + 예요?

막내(末っ子)	+ 예요? ➡	막내예요?	末っ子ですか。
		네, 막내예요.	はい、末っ子です。
취미(趣味)	+ 예요? ➡	취미예요?	趣味ですか。
		아니요, 전공이에요.	いいえ、専攻です。

② 名詞(パッチム有) + 이에요?

미국사람(アメリカ人)	+ 이에요? ➡	미국사람이에요?	アメリカ人ですか。
		네, 미국사람이에요.	はい、アメリカ人です。
선생님(先生)	+ 이에요? ➡	선생님이에요?	先生ですか。
		아니요, 학생이에요.	いいえ、学生です。

A:학교선배예요? 学校の先輩ですか。

B:아니요, 후배예요. いいえ、後輩です。

A:영국사람이에요? イギリス人ですか。

B:네, 영국사람이에요. はい、イギリス人です。

練習 3 下線の部分を韓国語で書いてみましょう。

① 中国人ですか。 はい、中国人です。

→ 중국사람이에요? ________________

② ブラジル人ですか。 いいえ、カナダ人です。

→ 브라질사람이에요? ________________

③ イギリス人ですか。 いいえ、アメリカ人です。

→ 영국사람이에요? ________________

5 会話・作文練習　말하기/쓰기

1. 例のようにクラスメートと話してみましょう。

例

A：이름이 뭐예요?
名前はなんですか。

B：저는 유야예요.
私はユウヤです。

A：어느 나라 사람이에요?
どこの国の人ですか。

B：저는 일본사람이에요.
私は日本人です。

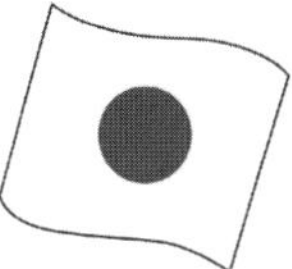

유야, 일본

① 
양양, 중국

② 
마틴, 미국

③ 
까를로스, 브라질

④ 
민수, 한국

2. 例のように絵を見て友達を紹介してみましょう。

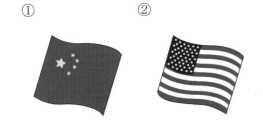

이름 : 민수
국적 : 한국
직업 : 의사

例

민수 씨는 한국사람이에요.
직업은 의사예요.

①

이름: 유야
국적: 일본
직업: 대학생

②

이름: 마틴
국적: 미국
직업: 선생님

③

이름: 양양
국적: 중국
직업: 모델

第7課 친구가 아니에요.

37

세리 : 미유 씨는 수길 씨하고 친구예요?

미유 : 아니요, 친구가 아니에요.

세리 : 네? 친구가 아니에요?

미유 : 수길 씨는 고등학교 때 선배예요.

新しい語彙

하고 ~と
가/이 아니에요 ~ではありません
네? え、えっ
가/이 아니에요? ~ではありませんか
때 とき

本文の訳

セリ：ミユさんはスギルさんと友達ですか。

ミユ：いいえ、友達ではありません。

セリ：え、友達ではありませんか。

ミユ：スギルさんは高校のときの先輩です。

1 助詞③　가/이「～が」

노래가 취미예요.　**歌が**趣味です。

수학이 전공이에요.　**数学が**専門です。

日本語の「～が」にあたる主語を表す助詞。前に来る単語の最後の文字にパッチムがない場合は「가」が、パッチムがある場合は「이」が用いられます。

① 名詞(パッチム無) + 가

날씨(天気) + 가 ➔ 날씨가　　가게(店) + 가 ➔ 가게가

주부(主婦) + 가 ➔ 주부가　　공부(勉強) + 가 ➔ 공부가

② 名詞(パッチム有)+ 이

시간(時間) + 이 ➔ 시간이　　극장(映画館) + 이 ➔ 극장이

동생(弟/妹) + 이 ➔ 동생이　　쇼핑(ショッピング) + 이 ➔ 쇼핑이

아버지가 의사예요.　　父親が医者です。

국적이 일본이에요.　　国籍が日本です。

39

2 助詞④　하고「～と」

오빠하고 동생하고 같이　**兄と弟と**一緒に

日本語の「～と」にあたる助詞。前に来る単語のパッチムの有無に関係なく「하고」を付けます。語順や使い方も日本語の「～と」とほぼ同じです。

바나나 + 하고 수박 + 하고
➔ 바나나(バナナ)하고 수박(スイカ)하고

연필(鉛筆) + 하고 ➔ 연필하고

지우개(消しゴム) + 하고 ➔ 지우개하고

재료는 배추하고 무예요.　　材料は白菜と大根です。

반찬은 김치하고 나물이에요.　　おかずはキムチとナムルです。

練習 1　次の(　)に適切な助詞を入れてみましょう。

① 医者が　의사 (　　　)　　② 友達と　친구 (　　　)

③ 職業が　직업 (　　　)　　④ 会社員が　회사원 (　　　)

⑤ 俳優と　배우 (　　　)　　⑥ 子どもが　아이들 (　　　)

3 キーフレーズ③　N가/이 아니에요「～ではありません」

직업은 **의사가 아니에요.**　職業は**医者ではありません。**

토마토는 **과일이 아니에요.**　トマトは**果物ではありません。**

日本語の「～ではありません」にあたる表現です。前に来る単語の最後の文字にパッチムがない場合は「가 아니에요.」が、パッチムがある場合は「이 아니에요.」を用います。

① 名詞(パッチム無)　+ 가 아니에요

주부(主婦)	+ 가 아니에요 ➜	주부가 아니에요.	主婦ではありません。
요리사(シェフ)	+ 가 아니에요 ➜	요리사가 아니에요.	シェフではありません。
모자(帽子)	+ 가 아니에요 ➜	모자가 아니에요.	帽子ではありません。
구두(靴)	+ 가 아니에요 ➜	구두가 아니에요.	靴ではありません。

② 名詞(パッチム有)　+ 이 아니에요

중학생(中学生)	+ 이 아니에요 ➜	중학생이 아니에요.	中学生ではありません。
고등학생(高校生)	+ 이 아니에요 ➜	고등학생이 아니에요.	高校生ではありません。
봄(春)	+ 이 아니에요 ➜	봄이 아니에요.	春ではありません。
여름(夏)	+ 이 아니에요 ➜	여름이 아니에요.	夏ではありません。

소고기가 아니에요. 닭고기예요.　　牛肉ではありません。鶏肉です。

숟가락이 아니에요. 젓가락이에요.　　スプーンではありません。箸です。

練習 2　下線の部分を韓国語で書いてみましょう。

例 医者(의사)ではありません。　→　의사가 아니에요.

① モデル(모델)ではありません。　→　＿＿＿＿＿＿

② 豆腐(두부)ではありません。　→　＿＿＿＿＿＿

③ 会社員(회사원)ではありません。　→　＿＿＿＿＿＿

④ ビビンバ(비빔밥)ではありません。　→　＿＿＿＿＿＿

⑤ ノート(공책)ではありません。　→　＿＿＿＿＿＿

⑥ 涙(눈물)ではありません。　→　＿＿＿＿＿＿

41

4 キーフレーズ④　N가/이 아니에요? 「～ではありませんか」

A: **일본사람이 아니에요?**　**日本人ではありませんか。**

B: 네, 저는 **일본사람이 아니에요**. 한국사람이에요.

はい、私は**日本人ではありません。**韓国人です。

日本語の「～ではありませんか」にあたる表現です。平叙文は文末のイントネーションを下げ、疑問文は文末のイントネーションを上げます。※はい、いいえの用法に注意しましょう。

① 名詞(パッチム無) + 가 아니에요?

요리사(シェフ) + 가 아니에요? ➔ 요리사가 아니에요?　シェフではありませんか。

네, 요리사가 아니에요. 간호사예요.　はい、シェフではありません。看護師です。

② 名詞(パッチム有) + 이 아니에요?

백화점(デパート) + 이 아니에요? ➔ 백화점이 아니에요?　デパートではありませんか。

네, 백화점이 아니에요. 극장이에요.　はい、デパートではありません。映画館です。

A: 우유가 아니에요?	牛乳ではありませんか。
B: 네, 요구르트예요.	はい、ヨーグルトです。
A: 밥이 아니에요?	ご飯ではありませんか。
B: 네, 반찬이에요.	はい、おかずです。

練習 ③ 下線の部分を韓国語で書いてみましょう。

① A: 医者ではありませんか。
B: はい、医者ではありません。看護師です。
→ A: 의사가 아니에요?
B: ________________

② A: 会社員ですか。
B: いいえ、会社員ではありません。主婦です。
→ A: 회사원이에요?
B: ________________

③ A: キムチですか。
B: いいえ、キムチではありません。ナムルです。
→ A: 김치예요?
B: ________________

5 会話・作文練習　말하기/쓰기

1. 例のようにクラスメートと話してみましょう。

例 일본사람 유카−한국사람(×)

A：유카 씨는 일본사람이에요?
ユカさんは日本人ですか。

B：네, 일본사람이에요.
한국사람이 아니에요.
はい、日本人です。
韓国人ではありません。

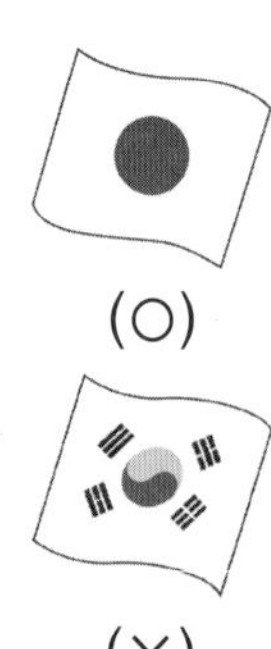
(○)
(×)

① 미국사람 마틴−영국사람(×)
② 간호사 까를로스−의사(×)
③ 회사원 민수−가수(×)
④ 학생 양양−선생님(×)

2. 例のように友達を紹介する文章を書いてみましょう。

例 수길/한국사람/대학생

이 사람은 수길 씨예요.	この方はスギルさんです。
수길 씨는 한국사람이에요.	スギルさんは韓国人です。
대학생이에요.	大学生です。

① 양양/중국사람/유학생

이 사람은 ________ 씨예요.
________________ 이에요.
____

② 마틴/미국사람/요리사

이 사람은 ________ 씨예요.
________________ 이에요.
____

第8課　오늘 시간 있어요?

수길：미유 씨, 오늘 시간 있어요?

미유：미안해요. 시간이 없어요.

오후부터 편의점에서 아르바이트가 있어요.

수길：아! 그래요?

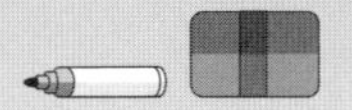

新しい語彙

오늘　今日

있어요?　ありますか/いますか(基本形「있다：ある、いる」＋「-어요?：～ですか、～ますか(非格式敬語해요体)」)

미안해요　すみません（基本形「미안하다」＋「-여요：～です、～ます(非格式敬語해요体)」)※“하여요”が会話体で“해요”になる。

없어요　ありません/いません(基本形「없다：ない、いない」＋「-어요：～です、～ます(非格式敬語해요体)」)

오후　午後

부터　～から

편의점　コンビニ

에서　～で

아르바이트　アルバイト

아!　あ!

그래요?　そうですか(基本形「그러하다：そうだ」＋「-여요?：～ですか、～ますか(非格式敬語해요体)」)の縮約形。

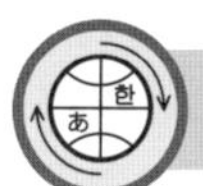

本文の訳

スギル：ミユさん、今日お時間ありますか。

ミユ　：すみません。時間がありません。

午後からコンビニでアルバイトがあります。

スギル：あ！そうですか。

43

1 助詞⑤　에서 「～で」

학교에서 공부　学校で勉強

日本語の「～で」にあたる助詞。前に来る単語のパッチムの有無に関係なく「에서」を付けます。語順や使い方も日本語の「～で」とほぼ同じです。

도서관(図書館) + 에서 ➔ 도서관에서
화장실(トイレ) + 에서 ➔ 화장실에서
영국(イギリス) + 에서 ➔ 영국에서
공원(公園) + 에서 ➔ 공원에서

백화점에서 쇼핑　デパートでショッピング
편의점에서 아르바이트　コンビニでアルバイト

2 助詞⑥　부터, 까지/에서, 까지 「～から、～まで」

오늘부터 내일까지　今日から明日まで
집에서 역까지　家から駅まで

日本語の「～から、～まで」にあたる助詞。
※時間の「～から、～まで」は「～부터,~까지」を、場所の「～から～まで」は「～에서,~까지」を使います。

아침(朝) + 부터 ➔ 아침부터
오전(午前) + 부터 ➔ 오전부터
방(部屋) + 에서 ➔ 방에서
한국(韓国) + 에서 ➔ 한국에서
저녁(夕方) + 까지 ➔ 저녁까지
밤(夜) + 까지 ➔ 밤까지
화장실(トイレ) + 까지 ➔ 화장실까지
일본(日本) + 까지 ➔ 일본까지

내일부터 모레까지 시험　明日から明後日まで試験
오사카에서 규슈까지 신칸센　大阪から九州まで新幹線

練習 1　次の(　)に適切な助詞を入れてみましょう。

① 映画館で　극장 (　　　　)
② 市場で　시장 (　　　　)
③ 秋から　가을 (　　　　)
④ 図書館から　도서관 (　　　　)
⑤ 週末まで　주말 (　　　　)
⑥ アメリカまで　미국 (　　　　)

3 キーフレーズ⑤　있어요/없어요 「~あります/ありません」

바나나는 **있어요.**　バナナは**あります。**
수박은 **없어요.**　スイカは**ありません。**

日本語の「あります・います/ありません・いません」に当たる表現です。主語が生物か無生物かに関係なく、存在することを示すには「있어요.」、存在しないことを示すには「없어요.」を用います。

① 있어요

친구(友達) → 친구가 있어요.　友達がいます。
누나(弟から見た姉) → 누나가 있어요.　姉がいます。
연필(鉛筆) → 연필이 있어요.　鉛筆があります。
핸드폰(携帯電話) → 핸드폰이 있어요.　携帯電話があります。

② 없어요

시계(時計) → 시계가 없어요.　時計がありません。
언니(妹から見た姉) → 언니가 없어요.　姉がいません。
텔레비전(テレビ) → 텔레비전이 없어요.　テレビがありません。
남동생(弟) → 남동생이 없어요.　弟がいません。

반찬은 나물하고 김치가 있어요.　おかずはナムルとキムチがあります。
형제는 언니하고 여동생이 있어요.　兄弟は姉と妹がいます。

練習 ② 例のように与えられた単語を入れて文を作ってみましょう。

例 학생(学生)/선생님(先生) → 학생이 있어요, 선생님은 없어요.

① 닭고기(鶏肉)/소고기(牛肉) → ＿＿＿＿＿＿＿＿

② 가방(かばん)/지갑(財布) → ＿＿＿＿＿＿＿＿

③ 전화(電話)/핸드폰(携帯電話) → ＿＿＿＿＿＿＿＿

④ 연필(鉛筆)/지우개(消しゴム) → ＿＿＿＿＿＿＿＿

⑤ 방(部屋)/화장실(トイレ) → ＿＿＿＿＿＿＿＿

⑥ 과자(菓子)/사과(りんご) → ＿＿＿＿＿＿＿＿

4 キーフレーズ⑥ 있어요/없어요? 「ありますか/ありませんか」

A: 여동생이 **있어요?** 妹が**いますか。**

B: 아니요, **없어요.** 누나가 **있어요.**

いいえ、**いません。**姉が**います。**

日本語の「ありますか、いますか/ありませんか、いませんか」に当たる表現です。平叙文は文末のイントネーションを下げ、疑問文は文末のイントネーションを上げます。※はい、いいえの返事に注意しましょう。

A: 내일 아르바이트가 있어요? 明日アルバイトがありますか。
B: 아니요, 없어요. いいえ、ありません。
A: 근처에 은행이 없어요? 近くに銀行はありませんか。
B: 네, 없어요. 우체국은 있어요. はい、ありません。郵便局はあります。

A: 고양이가 있어요? 猫がいますか。
B: 네, 강아지도 있어요. はい、子犬もいます。
A: 동물원이 없어요? 動物園がありませんか。
B: 아뇨, 식물원이 없어요. いいえ、植物園がありません。

練習 3 語彙リストを参考にしながら家族を紹介する文章を書いてみましょう。

語彙リスト

할아버지	祖父
할머니	祖母
아버지	父
어머니	母
형(弟から見た)	兄
오빠(妹から見た)	兄
누나(弟から見た)	姉
언니(妹から見た)	姉
남동생	弟

우리 가족은 ________,
________________가/이 있어요.
__________하고 __________도
있어요.

5 会話・作文練習　말하기/쓰기

1. 例のように、友達に質問して自分と友達の部屋にある物をチェックしてみましょう。

例

A：방에 꽃이 있어요?　部屋に花がありますか。

B：네, 있어요/ 아뇨, 없어요.　はい、あります/いいえ、ありません

自分の部屋のチェックリスト

꽃	花	×
텔레비전	テレビ	
가방	かばん	
핸드폰	携帯電話	
노트북	ノートパソコン	
컴퓨터	コンピューター	
시계	時計	
창문	窓	
침대	ベッド	
소파	ソファー	
전화	電話	
모자	帽子	

友達の部屋のチェックリスト

꽃	花	○
텔레비전	テレビ	
가방	かばん	
핸드폰	携帯電話	
노트북	ノートパソコン	
컴퓨터	コンピューター	
시계	時計	
창문	窓	
침대	ベッド	
소파	ソファー	
전화	電話	
모자	帽子	

2. 例のように自分の家族を紹介する文章を書いてみましょう。

例

우리 가족은 아버지, 어머니, 저, 남동생이 있어요. 고양이하고 강아지도 있어요.

아버지는 회사원이에요. 어머니는 주부예요. 남동생은 중학생이에요. 저는 대학생이에요.

우리 가족은 ＿＿＿＿＿,

＿＿＿＿＿, ＿＿＿＿＿가/이 있어요.

＿＿＿＿＿하고 ＿＿＿＿＿도

있어요.

＿＿＿＿＿는/은

＿＿＿＿＿예요/ 이에요.

第9課 이것이 짬짜면의 사진이에요.

47

미유：짬짜면이 뭐예요?

수길：이것이 짬짜면의 사진이에요.

자장면과 짬뽕이 반반씩 나와요.

미유：네, 참 맛있겠습니다.

新しい語彙

짬짜면 ちゃんちゃ麺
이것 これ
사진 写真
자장면 ジャージャー麺
짬뽕 ちゃんぽん
반반씩 半分ずつ
나오다 出てくる
참 まこと、実に
맛있겠습니다 美味しそうです(基本形「맛있다：美味しい」＋「−겠습니다：～そうです(推量を表す格式敬語합니다体)」)

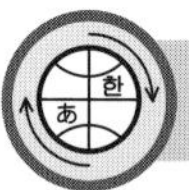

本文の訳

ミユ ：ちゃんちゃ麺は何ですか。

スギル：これがちゃんちゃ麺の写真です。

ジャージャー麺とちゃんぽんが半分ずつ出てきます。

ミユ ：あ～、実に美味しそうです。

1 指示代名詞　이, 그, 저, 어느「こ、そ、あ、ど」

	이　この	그　その	저　あの	어느　どの
これ　(縮約形)	이것 (이거)	그것 (그거)	저것 (저거)	어느 것 (어느 거)
これは (縮約形)	이것은 (이건)	그것은 (그건)	저것은 (저건)	어느 것은 (어느 건)
これが (縮約形)	이것이 (이게)	그것이 (그게)	저것이 (저게)	어느 것이 (어느 게)

日本語の「こ・そ・あ・ど」にあたる表現です。「이것, 그것, 저것, 어느 것」はものを指すときに用い、それぞれの使い方も日本語の指示代名詞と大差ありません。

A:이 구두예요?　　この靴ですか。
B:아니요, 저 구두예요.　　いいえ、あの靴です。
A:그것은 무엇이에요?　　それは何ですか。
B:이것은 볼펜이에요.　　これはボールペンです。
A:이게 뭐예요?　　これは何ですか。
B:그건 책이에요.　　それは本です。
A:저것은 뭐예요?　　あれはですか。
B:저건 가방이에요.　　あれはカバンです。

이것은 교통카드예요.　　これは交通カードです。
어느 것이 아메리칸 커피예요?　　どれがアメリカンコーヒーですか。

練習 1 次の(　)に適切な指示代名詞を入れてみましょう。

① それは牛肉です。　　(　　　　) 소고기예요.

② あの人です。　　(　　　　) 사람이에요.

③ あれは何ですか。　　(　　　　) 뭐예요?

④ どのカバンですか。　　(　　　　) 가방이에요?

⑤ この帽子です。　　(　　　　) 모자예요.

⑥ これください。　　(　　　　) 주세요.

49

2 助詞⑦　의「～の」

식당의 메뉴　食堂のメニュー

日本語の「～の」にあたる助詞。語順や使い方は日本語の「～の」と似ていますが、名詞の並列においてはよく省略されます。「의」と書かれますが、ほとんどの場合は「エ」と発音します。

친구(友達)　+ 핸드폰(携帯) ➔ 친구의 핸드폰
오늘(今日)　+ 날씨(天気) ➔ 오늘의 날씨
아버지(父)　+ 취미(趣味) ➔ 아버지의 취미
우리집(我が家) + 냉장고(冷蔵庫) ➔ 우리집의 냉장고

이 가방은 수길 씨(의) 것이에요?　このカバンはスギルさんのですか。
오늘은 한국어(의) 숙제가 없어요.　今日は韓国語の宿題がありません。

50

3 疑問詞　누구=누, 언제, 어디, 무엇「誰、いつ、どこ、何」

누구=누(誰)	언제(いつ)	어디(どこ)	무엇(何)
이 사람(この人)	오늘(今日)	여기(ここ)	이거(これ)
이 분(この方)	아침(朝)	집(家)	연필(鉛筆)
수길 씨(スギルさん)	오전(午前)	공원(公園)	지우개(消しゴム)

疑問詞を伴う疑問文の場合、日本語の助詞「～は」のところには普通、韓国語では助詞「가/이」が使われます。

누가 언니예요?　誰が姉ですか。
방학이 언제예요?=언제가 방학이에요?　休みはいつですか。
화장실이 어디예요?=어디가 화장실이에요?　トイレはどこですか。
저것이 무엇이에요?　あれは何ですか。

練習 ② 例のように与えられた単語を入れて文を作ってみましょう。

例 그것(それ) / 무엇(何)　→　그것이 무엇이에요?
① 편의점(コンビニ) / 어디(どこ)　→　________
② 이 분(この方) / 누구(誰)　→　________
③ 생일(誕生日) / 언제(いつ)　→　________

4 キーフレーズ⑦　가/이 뭐예요?「~は何ですか」

A:이것이 **뭐예요?**　これは**何ですか。**

B:그것은 제 선물이에요.　それは私のプレゼントです。

会話体では縮約形がよく用いられます。「私」や「あなた」の人称代名詞の所有格は、「나의→내(私の), 저의→제(わたくしの), 너의→네(君の)」の形で用いられます。

① 疑問詞+ですか。

A:이름이 뭐예요?　お名前は何ですか。
B:박 수길이에요.　パク スギルです。
A:집이 어디예요?　家はどこですか。
B:집은 서울이에요.　家はソウルです。
A:이 사람은 누구예요?　この人は誰ですか。
B:한국의 아이돌이에요.　韓国のアイドルです。
A:약속이 언제예요?　約束はいつですか。
B:내일이에요.　明日です。

② 누구(誰)의 것(もの) = 누구 거 + ですか。

A:이 볼펜은 누구의 것이에요?=이 볼펜 누구 거예요?　このボールペンは誰のものですか。
B:제 볼펜이에요.=제 거예요.　私のボールペンです。=私のです。
A:이 사전은 누구의 것이에요?=이 사전 누구 거예요?　この辞書は誰のものですか。
B:제 사전이에요.=제 거예요.　私の辞書です。=私のです。

練習 3 下線の部分を韓国語で書いてみましょう。

例 これはマークさんのノートですか。　いいえ、スギルさんのノートです。
→ 이것은 마크씨의 공책이에요?　아니요, 수길 씨의 공책이에요.

① これはミユさんの携帯電話ですか。　はい、ミユさんの携帯電話です。
→ ______　______

② これはスギルさんのボールペンですか。　いいえ、先生のボールペンです。
→ ______　______

③ このプレゼントは誰のものですか。　私のです。
→ ______　______

5 会話・作文練習　말하기/쓰기

1. 例のように会話文を書いてみましょう。

例 가방, 아버지
A: 이것은 뭐예요?
B: 그것은 가방이에요.
A: 이것은 누구의 가방이에요?
B: 아버지 거예요.

カバン

父

① 시계, 어머니
A: ____________________
B: ____________________
A: ____________________
B: ____________________

時計

母

② 한국어 사전, 선생님
A: ____________________
B: ____________________
A: ____________________
B: ____________________

韓国語辞書

先生

③ 핸드폰, 친구
A: ____________________
B: ____________________
A: ____________________
B: ____________________

携帯電話

友達

④ 노트북, 저
A: ____________________
B: ____________________
A: ____________________
B: ____________________

ノートパソコン

私

第10課 아이스커피 하나 주세요.

52

미유 : 아이스커피 하나 주세요.

점원 : 네, 알겠습니다.

미유 : 저, 화장실은 어디에 있어요?

점원 : 저기 오른쪽 카운터 뒤에 있어요.

新しい語彙

아이스커피 アイスコーヒー
하나 一つ
주다 やる、くれる
점원 店員
알다 分かる、知る
저 あの、ええと、ええ
에 ～に
저기 あそこ、あちら
오른쪽 右側
카운터 カウンター
뒤 後ろ

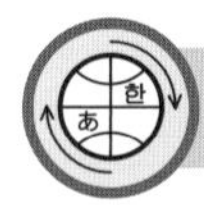

本文の訳

ミユ:アイスコーヒー一つください。

店員:はい、分かりました。

ミユ:あの、トイレはどこにありますか。

店員:あそこの右側のカウンターの後ろにあります。

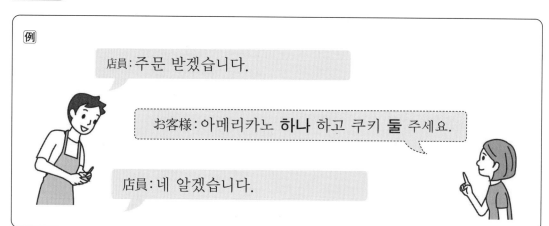

1 固有語数詞　하나, 둘, 셋, 넷「一つ、二つ、三つ、四つ」

하나 (一つ)	둘 (二つ)	셋 (三つ)	넷 (四つ)	다섯 (五つ)	여섯 (六つ)	일곱 (七つ)	여덟 (八つ)	아홉 (九つ)	열 (十)
열하나 (十一)	열둘 (十二)	열셋 (十三)	열넷 (十四)	열다섯 (十五)	열여섯 (十六)	열일곱 (十七)	열여덟 (十八)	열아홉 (十九)	스물 (二十)
스물하나(二十一)	스물둘(二十二) …							서른(三十)	
서른하나(三十一)	서른둘(三十二) …							마흔(四十)	

日本語の「一つ、二つ、三つ…」に当たる固有語数詞。ものを数えるとき、体操で号令をかけるときなど、日常のあらゆるところで用いられます。

카페라테 하나 주세요.	カフェラテ一つください。
아이돌 멤버가 일곱이에요.	アイドルのメンバーが7人です。
여동생이 둘 있어요.	妹が二人います。
자, 시작하겠습니다. 하나, 둘, 셋!	では、始めます。3、2、はい！

練習 1 メニューを確認しながら、例のようにクラスメートと話してみましょう。

例

店員：주문 받겠습니다.

お客様：아메리카노 **하나** 하고 쿠키 **둘** 주세요.

店員：네 알겠습니다.

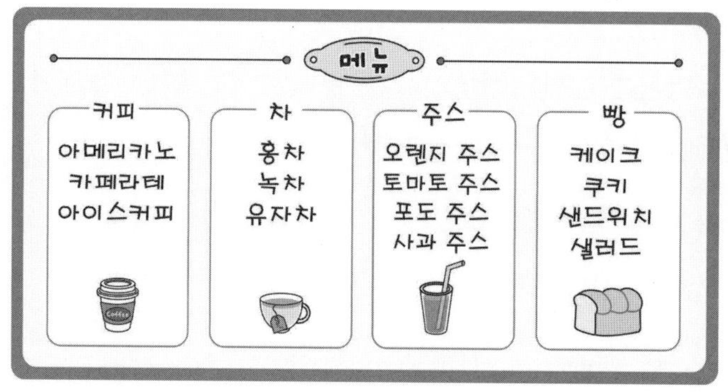

메뉴
커피
아메리카노
카페라테
아이스커피
차
홍차
녹차
유자차
주스
오렌지 주스
토마토 주스
포도 주스
사과 주스
빵
케이크
쿠키
샌드위치
샐러드

54

2 助詞⑧　에「～に」

가족은 한국에 있어요.　家族は**韓国に**います。

日本語の「～に」にあたる助詞。前に来る単語のパッチムの有無に関係なく「에」を付けます。語順や使い方も日本語の「～に」とほぼ同じです。

식물원(植物園)　+ 에 ➔ 식물원에
한자 공부(漢字の勉強) + 에 ➔ 한자 공부에
생일(誕生日)　+ 에 ➔ 생일에
수업시간(授業時間) + 에 ➔ 수업시간에

공항에 손님이 없어요.　空港に客がいません。
카페에 오렌지주스가 있어요.　カフェにオレンジジュースがあります。

55

3 位置名詞　앞/뒤, 안/밖, 위/아래, 옆「前/後、内/外、上/下、横」

앞	뒤	안	밖	위	아래	옆	오른쪽	왼쪽
前	後	中	外	上	下	横	右	左
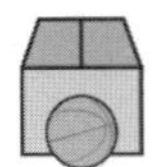		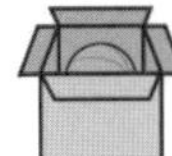	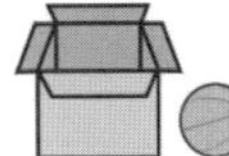	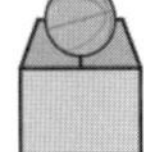	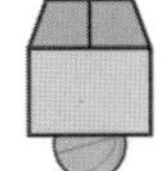	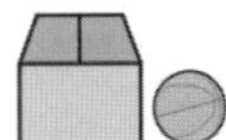	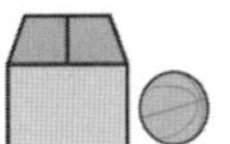	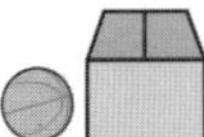

日本語の「Nの上に〇〇があります。」の表現は「N 위에 〇〇이/가 있어요.」になります。

A：우체국은 어디에 있어요?　郵便局はどこにありますか。
B：우체국은 학교 앞에 있어요.　郵便局は学校の前にあります。
A：옷장은 어디에 있어요?　クローゼットはどこにありますか。
B：문 옆에 있어요.　ドアの横にあります。

練習② 例のように韓国語で位置説明をしてみましょう。

例 가방(カバン)은 어디에 있어요?(椅子の横)　가방은 의자 옆에 있어요.
① 구두(靴)는 어디에 있어요?(ドアの外)　＿＿＿＿
② 시계(時計)는 어디에 있어요?(机の上)　＿＿＿＿
③ 책(本)은 어디에 있어요?(ノートの下)　＿＿＿＿
④ 연필(鉛筆)은 어디에 있어요?(カウンターの後ろ)　＿＿＿＿

4 キーフレーズ⑧　N주세요「Nください」

A:콜라 하나 **주세요.**　コーラ一つ**ください。**

B:네, 여기 있어요.　はい、どうぞ。

お店でものを買うときなど、欲しいものを手に入れたいときに使うフレーズです。覚えておくと便利です。

① 一つください。

A:햄버거 하나 주세요.　ハンバーガー一つください。
B:네, 햄버거 하나입니다.　はい、ハンバーガー一つですね。
A:여기 커피 하나 주세요.　ここにコーヒー一杯ください。
B:네, 손님. 금방 갑니다.　はい、すぐご用意します。
A:여기 김밥 둘, 떡볶이 하나 주세요.　ここにキンパ二つ、トッポギ一皿ください。
B:네, 손님. 잠시만 기다려 주세요.　はい、ちょっとお待ちください。
A:주문 받겠습니다.　ご注文、どうぞ。
B:먼저 요구르트 하나 주세요.　まずヨーグルトを一つください。

② 一個ください。

한 개(一つ)	두 개(二つ)	세 개(三つ)	네 개(四つ)	다섯 개(五つ)
여섯 개(六つ)	일곱 개(七つ)	여덟 개(八つ)	아홉 개(九つ)	열 개(十)
열 한개(十一)	열 두개(十二)	열 세개(十三)	열 네개(十四)	열다섯개(十五)
열여섯 개(十六)	열일곱 개(十七)	열여덟 개(十八)	열아홉 개(十九)	스무 개(二十)
스물한 개(二十一)	스물두 개(二十二) …			서른 개(三十)
서른한 개(三十一)	서른두 개(三十二)…			마흔 개(四十)

固有語数詞に助数詞を加えた用法。

A:햄버거 한 개 주세요.　ハンバーガー一つください。
B:네, 햄버거 한 개입니다.　はい、ハンバーガー一つですね。
A:여기 커피 한 잔 주세요.　ここにコーヒー一杯ください。
B:네, 손님. 금방 갑니다.　はい、すぐご用意します。
A:여기 김밥 두 줄, 떡볶이 한 접시 주세요.　ここにキンパ二つ、トッポッキ一皿ください。
B:네, 손님. 잠시만 기다려 주세요.　はい、ちょっとお待ちください。
A:주문 받겠습니다.　ご注文、どうぞ。
B:먼저 요구르트 한 병 주세요.　まずヨーグルトを一本ください。

5 会話・作文練習　말하기/쓰기

1. 例のように会話文を書いてみましょう。

ミユの部屋の絵

語彙リスト

창문	窓
문	ドア
책상	机
텔레비전	テレビ
스탠드	スタンド
침대	ベッド
인형	人形
의자	椅子
화분	植木鉢

例 A : 창문(은) 어디에 있어요?　窓はどこにありますか。
　B : 창문은 침대 뒤에 있어요.　窓はベッドの後にあります。
　A : 꽃(은) 어디에 있어요?　花はどこにありますか。
　B : 꽃은 없어요.　花はありません。

① 침대(　　) 어디에 있어요? ________________

② 인형(　　) 어디에 있어요? ________________

③ 스탠드(　　) 어디에 있어요? ________________

④ 의자(　　) 어디에 있어요? ________________

⑤ 텔레비전(　　) 어디에 있어요? ________________

⑥ 시계(　　) 어디에 있어요? ________________

⑦ 책상(　　) 어디에 있어요? ________________

⑧ 화분(　　) 어디에 있어요? ________________

꽃

내가 그의 이름을 불러주었을 때

그는 나에게로 와서

꽃이 되었다.

- 김춘수 시집 『꽃의 소묘』
「꽃」 중에서

第11課　주말에는 뭐 해요?

57

수길：주말에는 보통 뭐 해요?

미유：아침에는 헬스장에서 운동을 해요.

그리고 친구하고 놀아요.

수길：저는 자전거여행을 자주 가요.

新しい語彙

주말　週末

에는　には

보통　普段、普通

해요?　しますか(基本形「하다」＋「-여요?」) ※ "하여요?" は会話体で "해요?" になる。

헬스장　ジム(Health場)

운동　運動

해요　します(하다＋「-여요：～です、～ます(非格式敬語해요体)」) ※ "하여요" が会話体で "해요" になる。

그리고　そして、それから

놀아요　遊びます(基本形「놀다：遊ぶ」＋「-아요：～です、～ます(非格式敬語해요体)」)

자전거여행　自転車旅行

자주　しばしば、よく

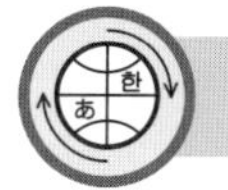

本文の訳

スギル：週末には普段何をしますか。

ミユ　：朝はジムで運動をします。

それから友達と遊びます。

スギル：わたしはよく自転車旅行をします。

1 漢字語数詞　일, 이, 삼, 사「一、二、三、四」

일 (一)	이 (二)	삼 (三)	사 (四)	오 (五)	육 (六)	칠 (七)	팔 (八)	구 (九)	십 (十)
십일 (十一)	십이 (十二)	십삼 (十三)	십사 (十四)	십오 (十五)	십육 (十六)	십칠 (十七)	십팔 (十八)	십구 (十九)	이십 (二十)
삼십 (三十)	사십 (四十)	오십 (五十)	육십 (六十)	칠십 (七十)	팔십 (八十)	구십 (九十)	백 (百)	천 (千)	만 (万)

日本語の「一、二、三…」に当たる漢字語数詞。値段、日付、番号などを表すところで用いられます。

시월 **구**일은 한글날이에요.　10月9日はハングルの日です。
만이천칠백원입니다.　12,700ウォンです。
제 여동생은 초등학교 **육**학년이에요.　私の妹は小学校6年生です。
전화번호는 **공일공 삼삼칠사 공팔공일**이에요.　電話番号は010−3374−0801です。

練習 1　表を完成しながら助数詞を覚えましょう。

	년 (年)	월 (月)	일 (日)	분 (分)	번 (番)	원 (ウォン)
일	일년					
이		이월				
삼			삼일			
사				사분		
오					오번	
육		*				육원
칠						
팔						
구						
십		*				

*月を表す際、発音の容易さのため6月は유월、10月は시월に変わることに注意！

練習 2　下線の部分を韓国語で書いてみましょう。

① 私の誕生日は12月25日です。　→ 제 생일은 (　　　　　)이에요.

② 10分後に到着します。　→ (　　　　) 후에 도착해요.

③ 入場料は3,000ウォンです。　→ 입장료는 (　　　　　)이에요.

④ 学籍番号は○○○○です。　→ 학적번호는 (　　　　　)예요/이에요.

59

❷ 助詞⑨　를/을「～を」

공부를 해요.	**勉強を**します。
운동을 해요.	**運動を**します。

日本語の「～を」にあたる助詞。前に来る単語の最後の文字にパッチムがない場合は「를」を、パッチムがある場合は「을」を用います。

① 名詞(パッチム無)＋를

이야기(話)　＋ 를 ➔ 이야기를 해요.　話をします。

아르바이트(バイト) ＋ 를 ➔ 아르바이트를 해요.　バイトをします。

② 名詞(パッチム有)＋을

여행(旅行)　＋ 을 ➔ 여행을 해요.　旅行をします。

유학(留学)　＋ 을 ➔ 유학을 해요.　留学をします。

생일에는 집에 전화를 해요.　誕生日には家に電話をします。

식당에서 김밥을 주문해요.　食堂でキンパを注文します。

60

❸ キーフレーズ⑨　V/A －아요/－어요「～です、～ます」

선물을 **받아요.**	プレゼントを**もらいます。**
자장면을 **먹어요.**	ジャージャー麺を**食べます。**

日本語の「～です、～ます」にあたる非格式敬語「해요体」の表現です。格式敬語「합니다体」に比べて親しみを感じさせ、語幹の最後の母音が「ㅏとㅗ」(陽母音)の場合は「**－아요.**」を、「ㅏとㅗ」以外の場合は「**－어요.**」を用います。「**하다, －하다**(する、～だ)」は別格で「**－여요.**」を用います。文脈によって、現在、現在進行、未来など様々な表現が可能です。

(1) V/A語幹

① V/A語幹の最後の母音が「ㅏとㅗ」(陽母音)＋ －아요.

받다(もらう)　➔ 받 ＋ 아요.　➔ 받아요.

놀다(分かる)　➔ 놀 ＋ 아요.　➔ 놀아요.

좋다(いい)　➔ 좋 ＋ 아요.　➔ 좋아요.

② V/A語幹の最後の母音が「ㅏとㅗ」以外(陰母音)＋ －어요.

먹다(食べる)　➔ 먹 ＋ 어요.　➔ 먹어요.

읽다(読む) → 읽 + 어요. → 읽어요.
힘들다(つらい) → 힘들 + 어요. → 힘들어요.

(2) V/A語幹にパッチムがなく、母音のままで「－아요./－어요.」が用いられる場合

① V/A語幹の最後の母音が「ㅏとㅗ」(陽母音)＋ －아요.

가다(行く) → 가 + 아요. → 가요. 長音の省略
오다(来る) → 오 + 아요. → 와요. 合成母音化「ㅗ」➡「ㅘ요」

② V/A語幹の最後の母音が「ㅏとㅗ」以外(陰母音)＋ －어요.

서다(立つ) → 서 + 어요. → 서요. 長音の省略
보내다(送る) → 보내 + 어요. → 보내요. 長音の省略
배우다(習う) → 배우 + 어요. → 배워요. 合成母音化「ㅜ」➡「ㅝ요」
마시다(飲む) → 마시 + 어요. → 마셔요. 合成母音化「ㅣ」➡「ㅕ요」
※되다(なる) → 되 + 어요. → 돼요. 合成母音化「ㅚ」➡「ㅙ요」
※쉬다(休む) → 쉬 + 어요. → 쉬어요.

(3) 別格「하다, －하다」の場合

하다(する) → 하 + 여요. → 해요.
말하다(話す) → 말하 + 여요. → 말해요.
운전하다(運転する) → 운전하 + 여요. → 운전해요.
잘하다(上手だ) → 잘하 + 여요. → 잘해요.
좋아하다(好きだ) → 좋아하 + 여요. → 좋아해요.

練習 ③ 次の用言を「해요体」に直しましょう。

① 열다(開く) → ______　② 닫다(閉める) → ______
③ 많다(多い) → ______　④ 작다(少ない) → ______
⑤ 씻다(洗う) → ______　⑥ 걸다(かける) → ______
⑦ 괜찮다(大丈夫だ) → ______　⑧ 떠들다(騒ぐ) → ______
⑨ 자다(寝る) → ______　⑩ 보다(見る) → ______
⑪ 기다리다(待つ) → ______　⑫ 지내다(過ごす) → ______
⑬ 타다(乗る) → ______　⑭ 걸리다(かかる) → ______
⑮ 피우다(吸う) → ______　⑯ 싸다(安い) → ______
⑰ 뛰다(走る、飛ぶ) → ______　⑱ 달리다(走る) → ______
⑲ 원하다(願う) → ______　⑳ 통하다(通じる) → ______
㉑ 있다(ある、いる) → ______　㉒ 없다(ない、いない) → ______
㉓ 깨끗하다(綺麗だ) → ______　㉔ 비슷하다(似ている) → ______

4 キーフレーズ⑩　V/A －아요/－어요? 「～ですか、～ますか」

일이 **많아요?**　仕事が**多いですか。**

일이 **힘들어요?**　仕事が**大変ですか。**

日本語の「～ですか、～ますか」にあたる疑問を表す非格式敬語「해요体」の表現です。平叙文は文末のイントネーションを下げ、疑問文は文末のイントネーションを上げます。

(1) V/A語幹

① V/A語幹の最後の母音が「ㅏとㅗ」(陽母音)＋ －아요?

찾다(探す)　➞ 찾 ＋ 아요?　➞ 찾아요?
작다(小さい)　➞ 작 ＋ 아요?　➞ 작아요?
짧다(短い)　➞ 짧 ＋ 아요?　➞ 짧아요?

② V/A語幹の最後の母音が「ㅏとㅗ」以外(陰母音)＋ －어요?

넓다(広い)　➞ 넓 ＋ 어요?　➞ 넓어요?
적다(少ない)　➞ 적 ＋ 어요?　➞ 적어요?
길다(長い)　➞ 길 ＋ 어요?　➞ 길어요?

(2) V/A語幹にパッチムがなく、母音のままで「－아요/－어요?」が用いられる場合

① V/A語幹の最後の母音が「ㅏとㅗ」(陽母音)＋ －아요?

사다(買う)　➞ 사 ＋ 아요?　➞ 사요?　長音の省略
보다(見る)　➞ 보 ＋ 아요?　➞ 봐요?　合成母音化「ㅗ」➡「ㅘ요」

② V/A語幹の最後の母音が「ㅏとㅗ」以外(陰母音)＋ －어요?

빼다(抜く)　➞ 빼 ＋ 어요?　➞ 빼요?　長音の省略
건너다(渡る)　➞ 건너 ＋ 어요?　➞ 건너요?　長音の省略
키우다(飼う)　➞ 키우 ＋ 어요?　➞ 키워요?　合成母音化「ㅜ」➡「ㅝ요」
느리다(遅い)　➞ 느리 ＋ 어요?　➞ 느려요?　合成母音化「ㅣ」➡「ㅕ요」
※되다(なる)　➞ 되 ＋ 어요?　➞ 돼요?　合成母音化「ㅚ」➡「ㅙ요」
※쉬다(休む)　➞ 쉬 ＋ 어요?　➞ 쉬어요?

(3) 別格「하다, －하다」の場合

하다(する)　➞ 하 ＋ 여요?　➞ 해요?
구하다(求める)　➞ 구하 ＋ 여요?　➞ 구해요?
건강하다(元気だ)　➞ 건강하 ＋ 여요?　➞ 건강해요?
편하다(楽だ)　➞ 편하 ＋ 여요?　➞ 편해요?
이상하다(おかしい)　➞ 이상하 ＋ 여요?　➞ 이상해요?

5 会話・作文練習　말하기/쓰기

1. 例のように質問に答えてみましょう。

例

A: 크리스틴 씨는 지금 뭐 해요?

B: 자전거를 타요. (자전거를 타다/自転車に乗る)

A: クリスティーンさんは今何をしていますか。

B: 自転車に乗っています。

① 야마다 씨는 지금 뭐 해요?

＿＿＿＿＿＿＿＿＿＿＿＿ (텔레비전을 보다/テレビを見る)

② 제니 씨는 지금 뭐 해요?

＿＿＿＿＿＿＿＿＿＿＿＿ (책을 읽다/本を読む)

③ 양양 씨는 지금 뭐 해요?

＿＿＿＿＿＿＿＿＿＿＿＿ (이야기를 하다/話をする)

④ 마틴 씨는 지금 뭐 해요?

＿＿＿＿＿＿＿＿＿＿＿＿ (모자를 찾다/帽子を探す)

⑤ 까롤로스 씨는 지금 뭐 해요?

＿＿＿＿＿＿＿＿＿＿＿＿ (전화를 걸다/電話をかける)

⑥ 민수 씨는 지금 뭐 해요?

＿＿＿＿＿＿＿＿＿＿＿＿ (커피를 마시다/コーヒーを飲む)

⑦ 케빈 씨는 지금 뭐 해요?

＿＿＿＿＿＿＿＿＿＿＿＿ (강아지하고 놀다/子犬と遊ぶ)

⑧ 마크 씨는 지금 뭐 해요?

＿＿＿＿＿＿＿＿＿＿＿＿ (한국어를 배우다/韓国語を学ぶ)

⑨ 수지 씨는 지금 뭐 해요?

＿＿＿＿＿＿＿＿＿＿＿＿ (밥을 먹다/ご飯を食べる)

⑩ 토마스 씨는 지금 뭐 해요?

＿＿＿＿＿＿＿＿＿＿＿＿ (잠을 자다/寝る)

第12課 떡볶이가 먹고 싶어요.

수길 : 한국음식 중에서 뭐가 제일 맛있어요?

미유 : 지금은 떡볶이가 먹고 싶어요.

수길 : 너무 맵지 않아요?

미유 : 맵지만 아주 맛있어요.

한국음식은 다 맛있어요.

新しい語彙

한국음식　韓国料理
중　中、うち
제일　一番
먹고 싶다　食べたい(基本形「먹다」＋ 接続語尾「−고」を伴う願望の意を示す補助形容詞「(−고) 싶다：～(し)たい」)
맵지 않다　辛くない(基本形「맵다:辛い」＋接続語尾「−지」を伴う否定の補助用言「(−지) 않다：～(し)ない」)
맵지만　辛いが(基本形「맵다」＋「−지만：～だが、～けれど(逆説の接続語尾)」)
아주　とても、非常に
다　すべて

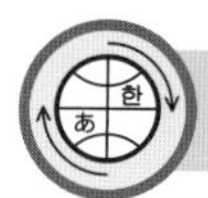

本文の訳

スギル：韓国料理の中で何が一番美味しいですか。

ミユ　：今はトッポギが食べたいです。

スギル：辛すぎませんか。

ミユ　：辛いですが、とても美味しいです。

韓国料理は全部美味しいです。

1 キーフレーズ⑪　V/A −고 싶어요 「〜(し)たいです」

친구하고 놀고 싶어요.　友達と**遊びたいです。**

日本語の「〜(し)たい」にあたる希望や願望を表す表現です。※「〜が〜(し)たい」という日本語表現が韓国語になるとき、度々「−를/을 −고 싶다(〜を〜(し)たい)」になります。日本語、韓国語それぞれの助詞の使い方に注意しましょう。

밥을 먹다(食べる)　+ 고 싶어요.　➔ 밥이 먹고 싶어요.　ご飯が食べたいです。
녹차를 마시다(飲む) + 고 싶어요.　➔ 녹차가 마시고 싶어요.　緑茶が飲みたいです。

우리집에서 파티를 열고 싶어요.　私の家でパーティーを開きたいです。
디즈니랜드에 가보고 싶어요.　ディズニーランドに行ってみたいです。

練習 1　例のように質問に答えてみましょう。

例 A：어디에 가고 싶어요? (한국/가다)　(どこに行きたいですか。)
B：한국에 가고 싶어요.　(韓国に行きたいです。)

① A：무엇이 먹고 싶어요? (김밥/먹다)
B：＿＿＿＿＿＿＿＿＿＿＿＿＿＿＿＿

② A：무엇을 하고 싶어요? (운동/하다)
B：＿＿＿＿＿＿＿＿＿＿＿＿＿＿＿＿

練習 2　宝くじに当たりました。何をしたいか、韓国語で書いてみましょう。

집 차 자전거 핸드폰	사다 買う	해외여행 저금 기부 유학	하다 する	파티 가게 식당 헬스장	열다 開ける

例 집을 사고 싶어요. 해외여행도 하고 싶어요.

① ＿＿＿＿＿＿＿＿＿＿＿＿＿＿＿＿

② ＿＿＿＿＿＿＿＿＿＿＿＿＿＿＿＿

③ ＿＿＿＿＿＿＿＿＿＿＿＿＿＿＿＿

64

2 キーフレーズ⑫　V/A －지 않아요「～(し)ません」

고기는 먹지 않아요.　肉は食べません。

日本語の「～(し)ない、～ではない、～くない」にあたる否定を表す表現です。同じ否定形で、「고기는 안 먹어요. (肉は食べません。)」のように、用言の前に副詞「안：～しない、～くない」を置く表現もあります。

담배는 피우지 않아요.　タバコは吸いません。
＝담배는 안 피워요.
도서관에서는 떠들지 않아요.　図書館では騒ぎません。
＝도서관에서는 안 떠들어요.

오늘은 날씨가 좋지 않아요.　今日は天気がよくありません。
＝오늘은 날씨가 안 좋아요.
마음이 편하지 않아요.　心が楽ではありません。
＝마음이 안 편해요.

65

3 キーフレーズ⑬　V/A －지만「～だが、～けれど」

일은 많지만 힘들지 않아요.　仕事は**多いが**、つらくありません。

日本語の「～だが」にあたる逆接を表す表現です。

소고기는 먹지만 돼지고기는 안 먹어요.　牛肉は食べるが、豚肉は食べません。
학교는 쉬지만 헬스장에는 가요.　学校は休みだが、ジムには行きます。

샐러드는 있지만 밥이 없어요.　サラダはあるが、ご飯がありません。
오렌지주스가 좋지만 사과주스도 괜찮아요.
オレンジジュースがいいが、リンゴジュースでも構いません。

4 「ㅂ」不規則用言　非格式敬語「해요体」の表現

문제가 **쉬워요.**　問題が**易い**です。

문제가 **어려워요.**　問題が**難しい**です。

V/Aの語幹がパッチム「ㅂ」で終わる場合、規則用言か不規則用言かを区別し、不規則用言である場合、パッチム「ㅂ」を「우」に変え、「−어요.」を付けます。

※ ただし、「곱다(綺麗だ), 돕다(手伝う)」だけは、パッチム「ㅂ」を「오」に変え、「−아요.」を付けます。

規則用言		不規則用言	
語彙	「해요体」の活用形	語彙	「해요体」の活用形
잡다(つかむ)	잡아요	고맙다(ありがたい)	고마워요
좁다(狭い)	좁아요	반갑다(嬉しい)	반가워요
업다(背負う)	업어요	쉽다/어렵다(易しい/難しい)	쉬워요/어려워요
입다(着る)	입어요	※곱다/돕다(綺麗だ/手伝う)	고와요/도와요

規則用言

손을 잡아요.　手をつかみます。

방이 좁아요.　部屋が狭いです。

아기를 업어요.　赤ちゃんをおんぶします。

종이를 접어요.　紙を折ります。

不規則用言

정말 고마워요. (고맙다/ありがたい)　本当にありがとうございます。

날씨가 추워요. (춥다/寒い)　天気が寒いです。

가방이 무거워요. (무겁다/重い)　カバンが重いです。

마음이 가벼워요. (가볍다/軽い)　心が軽いです。

練習 3　次のㅂ不規則用言を「−해요体」に直しましょう。

① 뜨겁다(熱い)　→ ＿＿＿＿＿＿

② 고맙다(ありがたい) → ＿＿＿＿＿＿

③ 차갑다(冷たい) → ＿＿＿＿＿＿

④ 즐겁다(楽しい)　→ ＿＿＿＿＿＿

⑤ 덥다(暑い)　→ ＿＿＿＿＿＿

⑥ 외롭다(寂しい)　→ ＿＿＿＿＿＿

⑦ 더럽다(汚い)　→ ＿＿＿＿＿＿

⑧ 두껍다(厚い)　→ ＿＿＿＿＿＿

5 会話・作文練習　말하기/쓰기

1. 例のように質問に答えてみましょう。

A: 차를 마시고 싶어요? (차를 마시다/お茶を飲む)

B: 아니요, 차는 마시고 싶지 않아요.

A: お茶を飲みたいですか。

B: いいえ、お茶は飲みたくありません。

① 신문을 읽고 싶어요?　(신문을 읽다/新聞を読む)

아니요, ______

② 한국어를 공부하고 싶어요?　(한국어를 공부하다/韓国語を勉強する)

아니요, ______

③ 음악을 듣고 싶어요?　(음악을 듣다/音楽を聞く)

아니요, ______

④ 노래를 부르고 싶어요?　(노래를 부르다/歌を歌う)

아니요, ______

2. 次の単語カードから二つを選び、文を完成しましょう。

語彙リスト

덥다	날씨	무겁다	가방
춥다	맵다	아기	시험
숙제	김치	쉽다	책
귀엽다	가볍다	떡볶이	어렵다

① 날씨가 더워요.　② ______

③ ______　④ ______

⑤ ______　⑥ ______

⑦ ______　⑧ ______

第13課 물론 KTX로 예약해 주세요.

수길 : 차로 갈까요? KTX로 갈까요?

미유 : 물론 KTX로 예약해 주세요.

수길 : 뭐가 그렇게 급해요?

미유 : 아니에요. 나는 빨리 바다가 보고 싶어요.

新しい語彙

로/으로 ～で

갈까요? 行きましょうか(基本形「가다」＋「-ㄹ까요?：～(し)ましょうか(相手の意志を尋ねる非格式敬語해요体の終結語尾)」

물론 もちろん

예약해 주다 予約してくれる

그렇게 そう、それほど

급하다 急を要する

빨리 早く

本文の訳

スギル：車で行きましょうか。KTXで行きましょうか。

ミユ　：もちろんKTXで予約してください。

スギル：何か急用でもありますか。

ミユ　：違います。私は早く海が見たいです。

解 説

KTX(Korea Train Express)は韓国の高速鉄道システムです。最高速度は305㎞/hで、ソウル駅から釜山駅まで(417.4㎞)の所要時間が約2時間20分となります。KTXはソウルから釜山を繋ぐ京釜線のほかに、湖南線、江陵線、中央線の4つの路線があります。

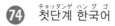

68

❶ 助詞⑩　로/으로「～で」

전화로 말해요.	電話で話します。
손으로 열어요.	手で開きます。

手段を表す「～で」にあたる助詞。前に来る単語の最後の文字にパッチムがないか、またはㄹパッチムの場合は「로」を、パッチムがある場合は「으로」を用います。

① 名詞(パッチム無、または ㄹパッチム)＋로

지우개(消しゴム)＋로 → 지우개로 지워요.　消しゴムで消します。

과일(果物)　＋로 → 과일로 만들어요.　果物で作ります。

② 名詞(パッチム有)＋으로

신문(新聞)　＋으로 → 신문으로 공부해요.　新聞で勉強します。

핸드폰(携帯)　＋으로 → 핸드폰으로 검색해요.　携帯で検索します。

구두는 휴지로 닦아요.　靴はティッシュで拭きます。

밥은 숟가락으로 먹어요.　ご飯はスプーンで食べます。

69

❷ 用言の話　좋아해? 싫어해?/ 좋아? 싫어?「好き?嫌?…」

品詞	語彙	例文
動詞	좋아하다(好む、好きだ) 싫어하다(嫌う、嫌いだ)	고기를 좋아해요. 과일을 좋아해요. 고기를 싫어해요. 과일을 싫어해요.
形容詞	좋다(良い) 싫다(嫌だ)	고기가 좋아요. 과일이 좋아요. 고기가 싫어요. 과일이 싫어요.
存在詞	있다(ある、いる) 없다(ない、いない)	고기가 있어요. 과일이 있어요. 고기가 없어요. 과일이 없어요.
指定詞	이다(～だ) 아니다(～でない)	고기예요. 과일이에요. 고기가 아니에요. 과일이 아니에요.

用言の中でも品詞が分かれ、品詞によって用いられる助詞が異なってきます。よく整理しておきましょう。

A：고기를 좋아해요?　お肉が好きですか。

B：네, 고기를 좋아해요. 과일도 좋아해요.　はい、お肉が好きです。果物も好きです。

　아뇨, 고기는 싫어해요. 과일을 좋아해요.　いいえ、肉は嫌いです。果物が好きです。

A：고기가 좋아요?　お肉がいいですか。

B：네, 고기가 좋아요. 과일도 좋아요.　はい、お肉がいいです。果物もいいです。

　아뇨, 고기는 싫어요. 과일이 좋아요.　いいえ、肉は嫌です。果物がいいです。

3 キーフレーズ⑭ V-(으)ㄹ까요? 「~(し)ましょうか」

영화를 **볼까요?** 映画を**見ましょうか。**

김밥을 **먹을까요?** キンパを**食べましょうか。**

日本語の「~(し)ましょうか」にあたる相手の意志を尋ねる非格式敬語「해요体」の表現です。Vの語幹にパッチムがないか、またはㄹ語幹のㄹ脱落形の場合は「-ㄹ까요?」を、Vの語幹にパッチムがある場合は「-을까요?」を用います。

① 語幹(パッチム無、または ㄹ語幹の ㄹ脱落形) + -ㄹ까요?

마시다(飲む) + ㄹ까요? ➔ 커피를 마실까요? コーヒーを飲みましょうか。

만들다(作る) + ㄹ까요? ➔ 케이크를 만들까요? ケーキを作りましょうか。

② 語幹(パッチム有) + -을까요?

입다(穿く) + 을까요? ➔ 치마를 입을까요? スカートを穿きましょうか。

닫다(閉める) +을까요? ➔ 창문을 닫을까요? 窓を閉めましょうか。

A: 같이 영화관에 갈까요? 一緒に映画館に行きましょうか。

B: 미안해요. 오늘은 시간이 없어요. すみません。今日は時間がありません。

A: 떡볶이를 만들까요? トッポギを作りましょうか。

B: 네, 좋아요. はい、いいです。

練習 ① 例のように文を完成してみましょう。

例 같이 저녁을 먹다(一緒に夕食を食べる) → 같이 저녁을 먹을까요?

① 커피숍에서 얘기하다(カフェで話す) → ________

② 동아리 모임에 가다(クラブの集まりに行く) → ________

③ 저 벤치에 앉다(あのベンチに座る) → ________

④ 한복을 입다(チマチョゴリを着る) → ________

⑤ 된장찌개를 끓이다(味噌チゲを作る) → ________

⑥ 일본어를 배우다(日本語を学ぶ) → ________

⑦ 좀 더 기다리다(もうちょっと待つ) → ________

⑧ 왼쪽 창문을 닫다(左の窓を閉める) → ________

4 キーフレーズ⑮ V -(으)세요.「~(し)てください」

잠시만 **기다리세요.** ちょっと待ってください。

여기에 **앉으세요.** ここに座ってください。

日本語の「~(し)てください」にあたる命令・勧誘を表す非格式敬語「해요体」の表現です。Vの語幹にパッチムがないか、または ㄹ語幹の ㄹ脱落形の場合は「-세요」を、Vの語幹にパッチムがある場合は「-으세요」を用います。

① 語幹(パッチム無、または ㄹ語幹の ㄹ脱落形)+ -세요.

물어보다(尋ねてみる) + 세요 ➡ 저쪽에서 물어보세요. あそこで尋ねてみてください。

들어오다(入る) + 세요 ➡ 잠시만 들어오세요. ちょっとお入りください。

살다(暮らす) + 세요 ➡ 오래오래 사세요. 長生きしてください。

② 語幹(パッチム有) + -으세요.

적다(書く) + 으세요 ➡ 여기에 이름을 적으세요. ここに名前をお書きください。

볶다(炒める) + 으세요 ➡ 재료는 전부 다 볶으세요. 材料はすべて炒めてください。

A: 다음에 또 오세요. この次また来てください。

B: 네, 많이 파세요. はい、どうも(たくさん売ってください)。

A: 많이많이 드세요. たくさんお召し上がりください。

B: 네, 잘 먹겠습니다. はい、いただきます。

練習 ② 次の動詞を例のように書いてみましょう。

	해요体	-(으)ㄹ까요?	-(으)세요
例 씻다(洗う)	씻어요.	씻을까요?	씻으세요.
① 안아주다(抱いてあげる)			
② 풀다(解く)			
③ 넘다(超える)			
④ 연습하다(練習する)			
⑤ 확인하다(確認する)			
⑥ 움직이다(動く)			
⑦ 웃다(笑う)			
⑧ 울다(泣く)			
⑨ 씹다(噛む)			
⑩ 벗다(脱ぐ)			

5 会話・作文練習　말하기/쓰기

A: 시장에가다 市場に行く

B: 날씨가 너무 덥다 天気がとても暑い

A: 백화점에 가다 デパートへ行く

例 A: B씨, 우리 오늘 시장에 갈까요?　A: Bさん、今日市場に行きましょうか。
B: 미안해요. 오늘은 날씨가 너무 더워요.　B: すみません。今日はとても暑いです。
A: 그럼 백화점에 갈까요?　A: それではデパートに行きましょうか。
B: 네, 좋아요. 그렇게 해요.　B: はい、いいですよ。そうしましょう。

①
A: 점심을 먹다 お昼を食べる
B: 시간이 없다 時間がない
A: 내일 먹다 明日食べる

②
A: 공원에 가다 公園に行く
B: 날씨가 춥다 天気が寒い
A: 영화를 보다 映画を見る

③
A: 테니스를 치다 テニスをする
B: 약속이 있다 約束がある
A: 목요일에 치다 木曜日にする

④
A: 산에 가다 山へ行く
B: 날씨가 너무 덥다 天気がとても暑い
A: 수영장에 가다 プールに行く

第14課 하루종일 너무 바빴어요.

72

미유：하루종일 너무 바빴어요.

수길：한복 렌탈은 했어요?

미유：아, 깜빡 잊고 있었어요. 나 어떻게 해?

수길：너무 걱정하지 마세요.

역 앞에도 렌탈숍이 있어요.

新しい語彙

하루종일　一日中
바빴어요　忙しかったです(基本形「바쁘다：忙しい」＋「－았어요：～でした、～ました(過去の意味を表す非格式敬語**해요**体)」)
렌탈　レンタル
깜빡　うっかり
했어요?　しましたか(基本形「하다」＋「－였어요?：～でしたか、～ましたか(過去の意味を表す非格式敬語**해요**体)」) ※"하였어요?"は会話体で"했어요?"になる。
잊고 있었어요(基本形「잊고 있다：忘れている」＋「－었어요：～でした、～ました(過去の意味を表す非格式敬語**해요**体)」)
해?　する?(基本形「하다」＋「－여?：～(する)か(非格式**해**体)」) ※"하여?"が会話体で"해?"になる。
어떻게　どう
걱정하지 마세요　心配しないでください(基本形「걱정하다：心配する」＋「－지 마세요：～(し)ないでください」(禁止命令を表す非格式敬語**해요**体)」)
에도　～に
렌탈숍　レンタルショップ

本文の訳

ミユ　：一日中すごく忙しかったです。
スギル：韓服衣装のレンタルは出来ましたか。
ミユ　：あ、うっかりしていました。私はどうしたらいいでしょう。
スギル：あまり心配しないでください。
　　　駅の前にもレンタルショップはあります。

1 キーフレーズ⑯　V -고 있어요 「~(し)ています」

운동을 하고 있어요.　運動をしています。

日本語の「~(し)ている」にあたる動作の継続や進行を表す非格式敬語「해요体」の表現です。

자다(寝る)　+ 고 있어요. ➜ 잠을 자고 있어요.　寝ています。
걸다(かける) + 고 있어요. ➜ 전화를 걸고 있어요. 電話をかけています。

친구를 도와주고 있어요.　友達を手伝っています。
박물관에서 문화체험을 하고 있어요.　博物館で文化体験をしています。

練習 ① 例のように質問に答えてみましょう。

例 A: 무엇을 하고 있어요? (조깅/하다)　(何をしていますか。)
B: 조깅을 하고 있어요.　(ジョギングをしています。)

① A: 무엇을 하고 있어요? (한국요리/만들다)
B: ______________________

② A: 무엇을 하고 있어요? (K-POP/듣다)
B: ______________________

③ A: 무엇을 하고 있어요? (영화/보다)
B: ______________________

練習 ② 例のように運動会のとき友達が何をしているかについて書いてみましょう。

例 마크는 달리고 있어요. (달리다/走る)
(マークは走っています。)

① 양양은 ______________ (응원하다/応援する)

② 민수는 ______________ (도시락을 먹다/弁当を食べる)

③ 제니는 ______________ (춤을 추다/踊る)

④ 케빈은 ______________ (줄다리기를 하다/綱引きをする)

⑤ 야마다는 ______________ (물을 마시다/水を飲む)

2 キーフレーズ⑰　V -지 마세요 「~(し)ないでください」

공부시간에 떠들지 마세요.　授業時間に**騒がないでください。**

日本語の「~(し) ないでください」にあたる禁止命令を表す非格式敬語「해요体」の表現です。

피우다(吸う) + 지 마세요. ➜ 담배를 피우지 마세요.　タバコを吸わないでください。
열다(開ける) + 지 마세요. ➜ 뚜껑을 열지 마세요.　蓋を開けないでください。

실내에서는 담배를 피우지 마세요.　室内ではタバコを吸わないでください。
수업시간에 이야기하지 마세요.　授業時間におしゃべりしないでください。

A：영화가 시작되었어요.　映画が始まりました。
　친구하고 이야기하지 마세요.　友達とおしゃべりしないでください。
　핸드폰 화면도 보지 마세요.　携帯の画面も見ないでください。
B：네, 잘 알겠습니다.　はい、分かりました。

練習 3 例のように次の用言の活用形を書いてみましょう。

	안 (해요体)	-지 않아요	-지 마세요
例 먹다(食べる)	안 먹어요.	먹지 않아요.	먹지 마세요.
① 싸우다(争う)			
② 버리다(捨てる)			
③ 넘어지다(倒れる)			
④ 잊다(忘れる)			
⑤ 초대하다(招待する)			
⑥ 시키다(注文する)			
⑦ 가져오다(持ってくる)			
⑧ 일어나다(起きる)			
⑨ 걸리다(かかる)			
⑩ 올려놓다(載せておく)			

3 キーフレーズ⑱ V/A −았어요/−었어요 「〜でした、〜ました」

선물이 **많았어요.** プレゼントが**多かったです。**

자장면이 **맛있었어요.** ジャージャー麺が**美味しかったです。**

日本語の「〜でした、〜ました」にあたる過去を表す非格式敬語「해요体」の表現です。語幹の最後の母音が「ㅏとㅗ」(陽母音)の場合は「**−았어요.**」を、「ㅏとㅗ」以外の場合は「**−었어요.**」を用います。

(1) V/A語幹

① V/A語幹の最後の母音が「ㅏとㅗ」(陽母音)+ −았어요.

많다(多い)	➜ 많 + 았어요.	➜ 많았어요.
닫다(閉める)	➜ 닫 + 았어요	➜ 닫았어요.
돌다(回る)	➜ 돌 + 았어요	➜ 돌았어요.

② V/A語幹の最後の母音が「ㅏとㅗ」以外(陰母音)+ −었어요.

풀다(解く)	➜ 풀 + 었어요.	➜ 풀었어요.
씻다(洗う)	➜ 씻 + 었어요.	➜ 씻었어요.
떠들다(騒ぐ)	➜ 떠들 + 었어요.	➜ 떠들었어요.

(2) V/A語幹にパッチムがなく、母音のままで「−았어요/−었어요.」が用いられる場合

① V/A語幹の最後の母音が「ㅏとㅗ」(陽母音)+ −았어요.

타다(乗る)	➜ 타 + 았어요.	➜ 탔어요.	長音の省略
보다(見る)	➜ 보 + 았어요.	➜ 봤어요.	合成母音化「ㅗ」➡「ㅘ +ㅆ어요」

② V/A語幹の最後の母音が「ㅏとㅗ」以外(陰母音)+ −었어요.

서다(立つ)	➜ 서 + 었어요.	➜ 섰어요.	長音の省略
지내다(過ごす)	➜ 지내 + 었어요.	➜ 지냈어요.	長音の省略
피우다(吸う)	➜ 피우 + 었어요.	➜ 피웠어요.	合成母音化「ㅜ」➡「ㅝ+ㅆ어요」
걸리다(掛かる)	➜ 걸리 + 었어요.	➜ 걸렸어요.	合成母音化「ㅣ」➡「ㅕ+ㅆ어요」
※되다(なる)	➜ 되 + 었어요.	➜ 됐어요.	合成母音化「ㅚ」➡「ㅙ+ㅆ어요」
※쉬다(休む)	➜ 쉬 + 었어요.	➜ 쉬었어요.	

(3) 別格「하다, −하다」の場合

하다(する)	➜ 하 + 였어요.	➜ 했어요.
원하다(願う)	➜ 원하 + 였어요.	➜ 원했어요.
공부하다(勉強する)	➜ 공부하 + 였어요.	➜ 공부했어요.
통하다(通じる)	➜ 통하 + 였어요.	➜ 통했어요.
깨끗하다(綺麗だ)	➜ 깨끗하 + 였어요.	➜ 깨끗했어요.

4 「으」不規則用言　非格式敬語「해요体」の表現

일이 **바빠요.**　仕事が忙しいです。

눈이 **예뻐요.**　目が綺麗です。

V/Aの語幹がパッチム無しの母音「ㅡ」で終わる場合、その母音字「ㅡ」が脱落し、その前の字の母音が「ㅏとㅗ」(陽母音)の場合は「-아요.」を、「ㅏとㅗ」以外、またはその前の字がない場合は「-어요.」を用います。

① V/Aの最後の母音「ㅡ」の前の字の母音が「ㅏとㅗ」(陽母音)+ -아요.

아프다(痛い) ➡ 아ㅍ + 아요. ➡ 아파요.
배고프다(ひもじい) ➡ 배고ㅍ + 아요. ➡ 배고파요.

② V/Aの最後の母音が「ㅡ」の前の字の母音が「ㅏとㅗ」以外、または前の字がない + -어요.

기쁘다(嬉しい) ➡ 기ㅃ+어요. ➡ 기뻐요.
슬프다(悲しい) ➡ 슬ㅍ+어요. ➡ 슬퍼요.
쓰다(書く) ➡ ㅆ+어요. ➡ 써요.
크다(大きい) ➡ ㅋ+어요. ➡ 커요.

오늘은 바빠요.(바쁘다/忙しい)　今日は忙しいです。
머리가 아파요.(아프다/痛い)　頭が痛いです。
바지가 커요.(크다/大きい)　ズボンが大きいです。
영화가 슬퍼요.(슬프다/悲しい)　映画が悲しいです。

練習 4 次の으不規則用言を「해요体」に直しましょう。

① 고프다(ひもじい) → ______　② 나쁘다(悪い) → ______

③ 모으다(集める) → ______　④ 잠그다(締める) → ______

⑤ 끄다(消す) → ______　⑥ 뜨다(浮く) → ______

5 会話・作文練習 말하기/쓰기

1. 次の文章を読んで質問に答えましょう。

6월15일 금요일

오늘은 제 생일이에요. 그래서 친구들하고 집에서 파티를 했어요.

저는 유카 씨하고 수길 씨를 초대했어요. 파티음식은 제가 아침부터 만들었어요. 김밥하고 떡볶이하고 불고기를 준비했어요.

오후에 유카 씨하고 수길 씨가 왔어요. 둘 다 선물을 사왔어요. 유카 씨는 케이크를, 수길 씨는 아이돌 굿즈를 사왔어요. 우리는 같이 저녁을 먹었어요. 케이크도 맛있게 먹었어요.

우리는 밤늦게까지 놀았어요. 이야기도 많이 했어요.정말 즐거웠어요.

(1) この文章はどんな種類の文章ですか？

① 편지　　② 일기　　③ 초대카드

(2) 文章の内容と同じものには○を、違うものには×をつけましょう。

① 오늘은 금요일이에요. (　　　)
② 유카 씨는 한국요리를 만들었어요. (　　　)
③ 나는 선물로 아이돌 굿즈를 받았어요. (　　　)
④ 오늘은 아침부터 밤늦게까지 생일 파티를 했어요. (　　　)

2. 本日の日記を書いてみましょう。

_____월 _____일 _____요일

※요일(曜日)：월 (月), 화(火), 수(水), 목(木), 금(金), 토(土), 일(日)

第15課 날짜를 변경하려고 해요.

77

미유 : 비행기 날짜를 변경하려고 해요.

수길 : 비행기 날짜를요?

미유 : 네, 태풍 때문에 하루 빨리 가려고 합니다.

수길 : 제가 항공사에 전화해 드리겠습니다.

新しい語彙

비행기 飛行機

날짜 日程、日時

변경하려고 해요 変更しようと思います(基本形「변경하다 : 変更する」+「-려고 해요:~(し)ようと思います(意図を示す表現)」

요? ~ですね、~です、~ですか

태풍 台風

때문 ~のため、~のせい、~のわけ

하루 一日

가려고 합니다 行こうと思います(基本形「가려고 하다 : 行こうと思う」+「-ㅂ니다」)

항공사 航空会社

전화해 드리다 電話してあげる

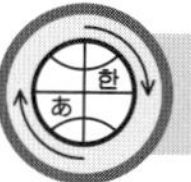

本文の訳

ミユ : 飛行機の日程を変更しようと思います。

スギル : 飛行機の日程をですか。

ミユ : はい、台風なので一日早く帰ろうと思います。

スギル : 私が航空会社に電話してあげますね。

1 キーフレーズ⑲　－요:－요?「~ですね、~です：~ですか」

빨리**요.**	早く！**です。**
하루 빨리 가려고**요.**	一日早く帰ろうと**思いまして！です。**
비행기 날짜를**요?**	飛行機の日程を！**ですか。**

会話の中で、非格式敬語해요体に該当する語尾「–요」を用いて丁寧なニュアンスをつけ加えている表現です。助詞、語尾、副詞や体言の後など、とても幅広くくっ付きます。平叙文は文末のイントネーションを下げ、疑問文はイントネーションを上げます。

A：가수는 누구를 좋아해요?　歌手は誰が好きですか。
B：슈퍼뱅요. 수길 씨는요?　スーパーバンです。スギルさんは。
A：너무 감사합니다.　ほんとうにありがとうございます。
B：천만에요.　どういたしまして。

A：여기에서 기다릴까요?　ここで待ちましょうか。
B：여기에서요? 집에서 기다리세요.　ここでですか。お家で待っていてください。

A：커피는 오른쪽 카운터 위에 있어요.　コーヒーは右のカウンターの上にあります。
B：어디에요?　どこに！ですか。

79

2 キーフレーズ⑳　V/A －ㅂ니다/－습니다「~です、~ます」

친구를 **만납니다.**	友達に**会います。**
선물을 **받습니다.**	プレゼントを**もらいます。**

日本語の「~です、~ます」にあたる格式敬語「합니다体」の表現です。V/Aの語幹にパッチムがないか、または ㄹ語幹のㄹ脱落形の場合は「－ㅂ니다」を、V/Aの語幹にパッチムがある場合は「－습니다」を用います。

① 語幹(パッチム無)＋ －ㅂ니다.
　초대하다(招待する) ＋ ㅂ니다. ➡ 파티에 초대합니다.　パーティーに招待します。
　살다(暮らす) ＋ ㅂ니다. ➡ 부산에 삽니다.　釜山に住んでいます。

② 語幹(パッチム有)＋ －습니다.
　읽다(読む) ＋ 습니다. ➡ 신문을 읽습니다.　新聞を読みます。
　앉다(座る) ＋ 습니다. ➡ 자리에 앉습니다.　席に座ります。

집에서 강아지를 네 마리 키웁니다.　家で子犬を四匹飼っています。
시험문제가 생각보다 더 어렵습니다.　試験問題が思ったより難しいです。

❸ キーフレーズ㉑　V -(으)려고 해요「~(し)ようと思います」

커피를 **마시려고 해요.**　コーヒーを**飲もうと思います。**

국밥을 **먹으려고 해요.**　クッパを**食べようと思います。**

日本語の「~(し)ようとする/~(し)ようと思う」にあたる意図や計画を表す非格式敬語해요体の表現です。

① 語幹(パッチム無、または ㄹ語幹の ㄹ脱落形)+ -려고 해요.

가다(行く)　+ 려고 해요. ➜ 은행에 가려고 해요.　銀行に行こうと思います。

보내다(送る) + 려고 해요. ➜ 짐을 보내려고 해요.　荷物を送ろうと思います。

만들다(作る) + 려고 해요. ➜ 케익을 만들려고 해요. ケーキを作ろうと思います。

② V語幹(パッチム有)+ -으려고 해요.

찾다(下ろす) + 으려고 해요. ➜ 돈을 찾으려고 해요.　お金を下ろそうと思います。

입다(着る)　+ 으려고 해요. ➜ 교복을 입으려고 해요.　制服を着ようと思います。

졸업 후 한국에 유학을 가려고 해요.　卒業後韓国へ留学に行こうと思います。

지금 배추하고 무를 썰려고 해요.　今白菜と大根を切ろうと思います。

감하고 사과를 깎으려고 해요.　柿とりんごを剥こうと思います。

A:이번 여름방학에 뭐 해요?　今度の夏休みに何をしますか。

B:한국에 여행을 가려고 해요.　韓国へ旅行に行こうと思います。

A:그럼 이번 주말에는 뭐 해요?　では今週の週末は何をしますか。

B:친구하고 놀이동산에서 놀려고 해요.　友達と遊園地で遊ぼうと思います。

練習 ① 例のように文を完成してみましょう。

例 시험공부를 하다(試験勉強をする)　→ 시험 공부를 하려고 해요.

① 한복을 입다(韓服を着る)　→ ＿＿＿＿＿＿＿＿

② 예약을 취소하다(予約を取り消す)　→ ＿＿＿＿＿＿＿＿

③ 택배를 보내다(宅配便を送る)　→ ＿＿＿＿＿＿＿＿

④ 기념품을 사다(記念品を買う)　→ ＿＿＿＿＿＿＿＿

⑤ 불고기를 만들다(ブルゴギを作る)　→ ＿＿＿＿＿＿＿＿

⑥ 강아지 사진을 찍다(小犬の写真を撮る)　→ ＿＿＿＿＿＿＿＿

⑦ 일정을 변경하다(日程を変更する)　→ ＿＿＿＿＿＿＿＿

4 「ㄹ」不規則用言　格式敬語「합니다体」の表現

일이 **힘듭니다.**　仕事が**大変です。**

밖에서 **놉니다.**　外で**遊びます。**

V/Aの語幹がパッチム「ㄹ」で終わる場合、後ろに「ㅂ,ㄴ,ㅅ,오」で始まる語尾が来ると、語幹の「ㄹ」は脱略します。また、子音語幹が子音語尾と結合するときに一般的に挿入される「-으-」も挿入されません。以下の例をよく確認して「ㄹ」語幹の用法を覚えましょう。

만들다(作る)＋「-ㅂ니다.(〜です、〜ます)」 ➔ 만듭니다.　作ります。
만들다(作る)＋「-니까요.(〜するからです)」 ➔ 만드니까요.　作るからです。
만들다(作る)＋「-세요.(〜(し)てください)」 ➔ 만드세요.　作ってください。
만들다(作る)＋「-ㄹ까요?(〜(し)ましょうか)」 ➔ 만들까요?　作りましょうか。

놀아요.　遊びます。　놀고 싶어요.　遊びたいです。　놀았어요.　遊びました。
놀지 마세요.　遊ばないでください。　놀려고 해요.　遊ぼうと思います。
놉니다.　遊びます。
노니까요.　遊ぶからです。
노세요.　遊んでください。
놀까요?　遊びましょうか。

練習 2 次の「ㄹ」語幹の活用形を作ってみましょう。

① 살다 ＋ 해요体 → ＿＿＿＿＿　② 살다 ＋ 합니다体 → ＿＿＿＿＿
③ 살다 ＋ -(으)세요. → ＿＿＿＿＿　④ 살다 ＋ -(으)려고 해요. → ＿＿＿＿＿
⑤ 벌다 ＋ 해요体 → ＿＿＿＿＿　⑥ 벌다 ＋ 합니다体 → ＿＿＿＿＿
⑦ 벌다 ＋ -(으)ㄹ까요? → ＿＿＿＿＿　⑧ 벌다 ＋ -(으)니까요. → ＿＿＿＿＿

練習 3 例のように次の用言の活用形を書いてみましょう。

	해요体	-(으)려고 해요	-ㅂ니다/-습니다
例 먹다(食べる)	먹어요.	먹으려고 해요.	먹습니다.
① 기억하다(覚える)			
② 헤어지다(別れる)			
③ 어울리다(付き合う)			
④ 물다(噛む)			
⑤ 치우다(片づける)			
⑥ 알리다(知らせる)			
⑦ 빨다(洗う)			

5 会話・作文練習　말하기/쓰기

1. 例のように質問に答えてみましょう。

例 A：같이 택시를 탈까요?
B：괜찮아요. 저는 지하철을 탑니다. (지하철/타다)
A：一緒にタクシーに乗りましょうか。
B：大丈夫です。私は地下鉄に乗ります。

① A：떡볶이를 먹을까요?

B：아뇨, 제가 ________________________ (불고기/ 만들다)

② A：노래방에 갈까요?

B：미안해요. 저는 ________________________ (집/ 쉬다)

③ A：교실이 조금 추워요?

B：아뇨, 그러나 제가 ________________________ (문/ 닫겠다)

④ A：미유씨는 같이 안 가요?

B：죄송해요, 저는 ________________________ (숙제/ 있다)

2. 次は一週間の計画表です。例のように話してみましょう。

다음 주에 할 일

- ✓ 세차(洗車)
- ✓ 빨래(洗濯)
- ✓ 은행에서 환전(銀行で両替)
- ✓ 할머니와 산책(祖母と散歩)
- ✓ 친구의 생일선물 쇼핑
- ✓ 도서관에서 시험공부(図書館で試験勉強)

例 다음 주에 세차를 하려고 해요.

付録

I 接続方法による語尾の活用形態

活用は述語の根幹をなす語幹に、様々な形の用言の語尾や格助詞が接続することにより成立するが、語尾や格助詞の接続方法は、語幹のまま(第一形式)、語幹の最終音節における母音の音質による区分(第二形式)、語幹の最終音節の構成形態による区分(第三形式)の三通りで分かれる。

1) 第一形式:語幹のまま

－고 싶어요　　～たい、～したい
－고 있어요　　～ている、～している
－지 마세요　　～ないでください、～しないでください
－지만　　～だが
－지 않아요　　～れない、～られない、～できない

2) 第二形式:語幹の最終音節における母音の音質による区分

陽母音か、陰母音か、それとも 하다 用言かを問う。陽母音(ㅏ, ㅗ)の後には同じよう母音[－아요]、それ以外(ㅏ, ㅗ 以外)の後には陰母音[－어요]で活用する。※하다 だけは変則的で [－여요] で活用する。

－아요/－어요　　～です、～ます
－아요?/－어요?　　～ですか、～ますか
－았어요/－었어요　　～くなる

3) 第三形式:語幹の最終音節の構成形態による区分

母音止まりか、それとも子音止まりか、つまり語幹のパッチムの有無を問う。子音止まり(パッチム有り)の後には母音止まりの語幹の後に媒介母音 [으] が入る。

－ㅂ니다/－습니다　　～です、～ます
－(으)ㄹ까요　　～でしょうか、～ましょうか
－(으)려고 해요　　～ようとする、～ようと思う
－(으)세요　　～てください、～してください

動詞:가다(行く) 쉬다(休む) 잡다(取る、捕まえる) 먹다(食べる) 통하다(通じる)

原形	活用形:第一形式	活用形:第二形式	活用形:第3形式
가다	가고	가요	가면
쉬다	쉬고	쉬어요	쉬면
잡다	잡고	잡아요	잡으면
먹다	먹고	먹어요	먹으면
통하다	통하고	통하여요=통해요	통하면

形容詞：싸다(安い) 희다(白い) 같다(同じだ) 싫다(嫌いだ) 편하다(便利だ、楽だ)

原形	活用形：第一形式	活用形：第二形式	活用形：第3形式
싸다	싸고	싸요	싸면
희다	희고	희어요	희면
같다	같고	같아요	같으면
싫다	싫고	싫어요	싫으면
편하다	편하고	편하여요=편해요	편하면

II 変則活用表現　　動 動詞　　形 形容詞

1. ㄷ変則(ㄷ받침語幹)：第二・第三形式の活用時に ㄷ받침 が ㄹ に変わる。

動 깨닫다：깨닫고, 깨달아요, 깨달으면
깨닫지만, 깨달았어요, 깨닫습니다

動 듣다：듣고, 들어요, 들으면
듣지만, 들었어요, 듣습니다

*받다, 믿다 のような正則のものもある。

2. ㄹ変則(ㄹ받침語幹)：第三形式の活用時に、「ㄴ, ㅂ, ㅅ, 오」語尾が続くと ㄹ받침 がないかのようである。

動 알다：알고, 알아요, 알면
알지만, 알았어요, 압니다

動 만들다：만들고, 만들어요, 만들면
만들지만, 만들었어요, 만듭니다

3. ㅂ変則(ㅂ받침語幹)：第二形式の活用時にㅂ받침 なしで −아/−어 が −워 に、第三形式の活用時に −(으)면 が ㅂ받침 なしで -우면 になる。

形 고맙다：고맙고, 고마워요, 고마우면
고맙지만, 고마웠어요, 고맙습니다

*잡다, 뽑다のように正則のものもある。

*돕다, 곱다だけは変則的で第二形式の活用時に −아/−어 が −와 になる。

動 돕다：돕고, 도와요, 도우면
돕지만, 도왔어요, 돕습니다

4.ㅅ変則(ㅅ받침語幹)：第二・第三形式の活用時に ㅅ받침 が脱落する。

動 낫다：낫고, 나아요, 나으면
　　낫지만, 나았어요, 낫습니다

動 짓다：짓고, 지어요, 지으면
　　짓지만, 지었어요, 짓습니다

＊벗다, 웃다のように正則のものもある。

5. 으変則(르 以外の母音ㅡ語幹と一部の르語幹)：第二形式の活用時に母音ㅡなしで−아/−어に変わる。

形 바쁘다：바쁘고, 바빠요, 바쁘면
　　바쁘지만, 바빴어요, 바쁩니다

形 크다：크고, 커요, 크면
　　크지만, 컸어요, 큽니다

6. 르変則(르語幹)：第二形式の活用時に르がㄹ라/ㄹ러に変わる。

動 모르다：모르고, 몰라요, 모르면
　　모르지만, 몰랐어요. 모릅니다

動 머무르다：머무르고, 머물러요, 머무르면
　　머무르지만, 머물렀어요, 머무릅니다

◎ ㅎ変則(ㅎ받침語幹)：第二形式の活用時に−아/−어がㅎ받침なしの−애に、第三形式の活用時にㅎ받침 がないかのようである。

形 까맣다：까맣고, 까매요, 까마면
　　까맣지만, 까맸어요, 까맣습니다.

形 하얗다：하얗고, 하얘요, 하야면
　　하얗지만, 하어요, 하얗습니다

＊좋다, 놓다のように正則のものもある。

◎ 러 変則(一部の르語幹)：第二形式の活用時に語幹に러が付け加わる。

動 이르다：이르고, 이르러요, 이르면
　　이르지만, 이르렀어요, 이릅니다

形 푸르다：푸르고, 푸르러요, 푸르면
　　푸르지만, 푸르렀어요, 푸릅니다

III 単語索引

ㄱ(기역)

ㄱ　基本子音字 기역
가　～が
가　帰って
가 아니에요　～ではありません
가 아니에요?　～ではありませんか
가게　店
가다　行く、帰る、過ぎ去る
가려고 하다　行こうと思う
가려고 합니다　行こうと思います
가방　かばん
가볍다　軽い
가세요　お帰りください
가수　歌手
가위　ハサミ
가을　秋
가져오다　持ってくる
가족　家族
간격　間隔
간호사　看護師
갈까요?　行きましょうか
감　柿
감사감사　ありがとう
감사하다　ありがたい、感謝する
감사합니다　ありがとうございます
강　川
강아지　子犬
같이　一緒に
개　犬
거　もの
걱정하다　心配する
걱정하지 마세요　心配しないでください
건강하다　元気だ
건너다　渡る
걸다　かける
걸리다　かかる
검색하다　検索する
것　もの
게　蟹
-겠습니다　～します
-겠습니다　～そうです(推量)
겨울　冬
겨자　からし
계세요　お過ごしください
계시다　過ごされる
-고 싶다　～(し)たい
-고 있다　～(し)ている
고구마　さつまいも
고기　肉
고등학교　高校
고등학생　高校生
고리　輪、リング
고맙다　ありがたい
고맙습니다　ありがとうございます
고양이　猫
고추　唐辛子
고프다　(お腹が)空く
곧　すぐ
곰　熊
곱다　綺麗だ
공　ボール
공　ゼロ、零
공부　勉強
공부시간　勉強時間
공원　公園
공책　ノート
공항　空港
과일　果物
과자　菓子
괜찮다　大丈夫だ
괜찮아요　大丈夫です
교복　学生服
교통카드　交通カード
구　九
구두　くつ
구십　九十
구하다　求める
국물　汁
국밥　グッパ
국적　国籍
굳이　強いて
귀　耳
귀엽다　可愛い
그　その
그거　それ
그건　それは
그것　それ
그게　それが
그래　うん、そう

그래요?　そうですか
그러하다　そうだ
그럼　それでは
그렇게　そう、それほど
그리고　そして、それから
극장　映画館、劇場
근처　近所、付近、あたり
글자　字、文字
금　金
금방　すぐ
급하다　急を要する
기념품　記念品
기다려 주다　待ってくれる、待ってあげる
기다리다　待つ
기부　寄付
기쁘다　嬉しい
기억하다　覚える
기타　ギター
길다　長い
김밥　キンパ
김치　キムチ
ㄲ　合成子音字 쌍기역
까지　～まで
깍다　(皮を)むく
깜빡　うっかり
깨끗하다　綺麗だ
꼬리　しっぽ
꽃　花
끄다　消す
끓이다　沸かす、作る

ㄴ(니은)

ㄴ　基本子音字 니은
나　私
나라　国
나무　木
나물　ナムル
나비　蝶
나쁘다　悪い
나오다　出てくる
날씨　天気
날짜　日程、日時
남동생　弟
내　私、私の
내일　明日
냉장고　冷蔵庫
너　君、あなた
너무　あまり、とても、ずいぶん
넓다　広い
넘다　超える
넘어지다　倒れる
네　はい
네　君の
네 개　四個
네 마리　四匹
네?　え?
넷　四つ
년　年
노래　歌
노래방　カラオケ
노트　ノート
노트북　ノートブックパソコン
녹차　緑茶
놀다　遊ぶ
놀이동산　遊園地
누　誰
누구　誰
누나　姉
눈물　涙
느리다　遅い
는　～は
-니까　～するから、～ので、～すると

ㄷ(디귿)

ㄷ　基本子音字 디귿
다　すべて
다리　脚、橋
다섯　五つ
다섯 개　五個
닦다　拭く
닫다　閉める
달리다　走る
닭　鶏
닭고기　鶏肉
담배　タバコ
대학생　大学生
더　もっと
더럽다　汚い
덥다　暑い
도　～も
도서관　図書館
도시락　弁当
도착하다　到着する
도토리　どんぐり
돈　お金
돌다　回る

돕다　助ける
동물원　動物園
동생　年下の兄弟、弟、妹
동아리　クラブ
돼지　豚
돼지고기　豚肉
되다　なる
된장찌개　味噌チゲ
두 개　二個
두 줄　二行、二列
두껍다　厚い
두부　豆腐
둘　二つ
뒤　後ろ、後
드세요　召し上がってください
듣다　聞く
들다　召し上がる
들어오다　入る
디즈니랜드　ディズニーランド
ㄸ　合成子音字 쌍디귿
따다　取る、摘む
때　とき、時
때문　～のため、～のせい、～わけ
떠들다　騒ぐ
떡볶이　トッポギ
뚜껑　蓋
뛰다　走る、飛ぶ
뜨겁다　熱い
뜨다　浮く

ㄹ(리을)

ㄹ　基本子音字 리을
-려고 하다　～(し)ようとする
렌탈　レンタル
렌탈숍　レンタルショップ
로　～で、～として、～に、～へ
를　～を

ㅁ(미음)

ㅁ　基本子音字 미음
마리　匹
마시다　飲む
마음　心
마흔　四十
마흔 개　四十個
막내　末っ子
만　万
만이천칠백원　12,700ウォン
많다　多い
많이　たくさん
말다　やめる
말하기　話し方、スピーキング
말하다　話す
맛있게　美味しく
맛있겠습니다　美味しそうです
맛있다　おいしい
맥주　ビール
맵다　辛い
맵지 않다　辛くない
머리　頭
먹겠습니다　いただきます
먹고 싶다　食べたい
먹다　食べる
먼저　先
메뉴　メニュー
멤버　メンバー
모델　モデル
모레　明後日
모으다　集める
모임　集まり
모자　帽子
목　木
목요일　木曜日
무　大根
무겁다　重い
문　ドア、門
문제　問題
문화체험　文化体験
물　水
물론　勿論
물어보다　尋ねてみる
뭐　何
미국　アメリカ
미국사람　アメリカ人
미안하다　済まない、申し訳ない
미안합니다　すみません
미안해요　すみません

ㅂ(비읍)

ㅂ　基本子音字 비읍
-ㅂ니다　～します
바나나　バナナ
바다　海
바빴어요　忙しかったです
바쁘다　忙しい

바지　ズボン
박물관　博物館
밖　外
반갑다　嬉しい
반반씩　半々ずつ
반찬　おかず
받다　もらう
밤　夜、栗
밤늦게　夜遅く
밥　ご飯
방　部屋
방학　学校の休み
배고프다　ひもじい
배우　俳優
배우다　習う
배추　白菜
백　百
백화점　百貨店、デパート
버리다　捨てる
버스　バス
번　番
벌다　稼ぐ
벗다　脱ぐ
벤치　ベンチ
변경하다　変更する
변경하려고 해요　変更しようと思います
병　瓶
보기　例
보내다　送る
보다　見る
보도　報道
보모　保母
보통　普段、普通
볶다　炒める
볼펜　ボールペン
봄　春
뵙겠습니다　お目にかかります
뵙다　お目にかかる、伺う
부르다　歌う
부리　くちばし
부모　父母
부자　お金持ち
부탁하다　頼む
부탁합니다　頼みます、お願いします
부탁해　頼むね、お願いね
부터　～から
분　分
브라질　ブラジル
브라질사람　ブラジル人
비　雨
비빔밥　ビビンバ
비슷하다　似ている
비행기　飛行機
ㅃ　合成子音字 쌍비읍
빨다　洗濯する
빨래　洗濯
빨리　早く
빵　パン
빼다　抜く
뿌리　根
뿐　のみ、だけ
삐　ピー(擬声語)

ㅅ(시옷)

ㅅ　基本子音字 시옷
사　四
사과　りんご
사과주스　りんごジュース
사다　買う
사람　人
사랑　愛
사분　四分
사십　四十
사오다　買ってくる
사전　辞書、辞典
사진　写真
산　山
산책　散歩
살다　暮らす
삼　三
삼십　三十
삼일　三日
샌드위치　サンドイッチ
샐러드　サラダ
생각　思い、考え
생일　誕生日
샤워　シャワー
서다　立つ
서른　三十
서른 개　三十個
서른두 개　三十二個
서른둘　三十二
서른하나　三十一
서른한 개　三十一個
서울　ソウル
선물　プレゼント

선배　先輩
선생님　先生
세 개　三個
-세요　~してください
-세요?　~でいらっしゃいますか
세차　洗車
셋　三つ
소고기　牛肉
소파　ソファ
손　手
손님　客、お客様
쇼핑　ショッピング
수　水
수길 씨　スギルさん
수박　スイカ
수업시간　授業時間
수영장　プール
수학　数学
숙제　宿題
숟가락　スプーン、さじ
술　酒
숲　森
쉬다　休む
쉽다　易い
슈퍼스타　スーパースター
스무 개　二十個
스물　二十
스물두 개　二十二個
스물둘　二十二
스물하나　二十一
스물한 개　二十一個
스웨터　スウェット
스위스　スイス
스탠드　スタンドライト
슬프다　悲しい
-습니다　~です、~ます
시간　時間
시계　時計
시구　始球
시월　10月
시작　はじめ
시작하다　始める
시장　市場
시키다　注文する
시험　試験
시험공부　試験勉強
시험문제　試験問題
식당　食堂
식물원　植物園
신문　新聞
실내　室内
싫다　嫌だ
싫어하다　嫌がる
십　十
십구　十九
십사　十四
십삼　十三
십오　十五
십육　十六
십이　十二
십일　十一
십칠　十七
십팔　十八
싶다　ほしい
ㅆ　合成子音字 쌍시옷
싸다　(値段が)安い
싸우다　争う
썰다　切る
쓰기　書くこと
쓰는 순서　書き順
쓰다　書く
씨　~さん
씹다　噛む
씻다　洗う

ㅇ(이응)

ㅇ　基本子音字 이응
아　基本母音字 ㅏの名称
-아　~て
아!　あ!
아기　赤ちゃん
아뇨　いいえ
아니다　いいえ、~でない
아니에요　いいえ、~ではありません
아니요　いいえ
아래　下
아르바이트　アルバイト
아메리카노　アメリカノ
아메리칸 커피　アメリカンコーヒー
아버지　父
아빠　パパ
-아요　~です、~ます
-아요?　~ですか、~ますか
아이　子供
아이돌　アイドル
아이들　子友達

아이스 커피　アイスコーヒー
아저씨　おじさん
아주　とても、非常に
아침　朝
아프다　痛い
아프리카　アフリカ
아홉　九つ
아홉 개　九個
악　悪
안　中
안　～しない、～くない
안녕!　安寧、さよなら
안녕?　安寧？ 元気？
안녕하다　安寧だ、元気だ、無事だ
안녕하세요?　お元気ですか
안녕히　安寧に、お元気に、ご無事に
안아주다　抱いてあげる
앉아요　座ります
않다　～しない、～くない
알　卵
알다　分かる、知る
알리다　知らせる
암　癌
-았어요　～でした、～ました
앞　前
애　合成母音字 ㅐの名称
애기　子供
야　基本母音字 ㅑの名称
-야　～よ
-야　～だ
야구　野球
약속　約束
얘　合成母音字 ㅒの名称
얘기　話
얘기하다　話する
어　基本母音字 ㅓの名称
-어　～て
어　うん
어느　どの
어느 거　どれ
어느 건　どれは
어느 것　どれ
어느 게　どれが
어디　どこ
어떻게　どう
어렵다　難しい
어머니　母
-어요　～です、～ます
-어요?　～ですか、～ますか
어울리다　付き合う
언니　姉
언제　いつ
얼마　いくら
엄마　ママ
업다　背負う
없다　ない、いない
없어요　ありません、いません
-었어요　～でした、～ました
에　合成母音字 ㅔの名称
에　～に
에는　には
에서　～で
에서　～から
에서는　～では
에요　～です
여　基本母音字 ㅕの名称
-여　～するね
-여?　～するか
여기　ここ
여덟　八つ
여덟 개　八個
여동생　妹
여름　夏
여름방학　夏休み
여섯　六つ
여섯 개　六個
-여요　～です、～ます
-여요?　～ですか、～ますか
여우　狐
여유　余裕
여자　女
여행　旅行
역　駅
연습하다　練習する
연필　鉛筆
열　十
열 개　十個
열네 개　十四個
열넷　十四
열다　開く
열다섯　十五
열다섯 개　十五個
열두 개　十五個
열둘　十二
열세 개　十三個
열셋　十三

열아홉　十九
열아홉 개　十九個
열여덟　十八
열여덟 개　十八個
열여섯　十六
열여섯 개　十六個
열일곱　十七
열일곱 개　十七個
열하나　十一
열한 개　十一個
-였어요　～でした、～ました
-였어요?　～でしたか、～ましたか
영국　イギリス
영국사람　イギリス人
영화관　映画館
옆　横
예　合成母音字 ㅖの名称
예　はい
예매　前売り
예약　予約
예약하다　予約する
예약해 주다　予約してくれる、予約してあげる
예요　～です
예요?　～ですか
오　基本母音字 ㅗの名称
오　五
오늘　今日
오다　来る
오래오래　長く
오렌지주스　オレンジジュース
오른쪽　右
오번　五番
오빠　兄
오십　五十
오이　きゅうり
오전　午前
오케이　オッケー
오후　午後
올라오다　上がってくる
올려놓다　載せておく
옷장　クローゼット
와　合成母音字 ㅘの名称
와　～と
왜　合成母音字 ㅙの名称
왜　なぜ、どうして
외　合成母音字 ㅚの名称
외롭다　寂しい
왼쪽　左
요　基本母音字 ㅛの名称
-요　～ですね、～です、～ですか
-요?　～ですか
요가　ヨガ
요구르트　ヨーグルト
요리　料理
요리사　シェフ、料理人
요일　曜日
우　基本母音字 ㅜの名称
우리　私たち
우리집　私の家
우산　傘
우아　優雅
우유　牛乳
우체국　郵便局
운동　運動
운전하다　運転する
울다　泣く
움직이다　働く
웃다　笑う
워　合成母音字 ㅝの名称
워터　ウォーター
원　ウォン
원하다　願う
월　月
웨　合成母音字 ㅞの名称
웨이터　ウェイター
위　合成母音字 ㅟの名称
위　上
유　基本母音字 ㅠの名称
유리　ガラス
유아　乳児
유월　6月
유자차　ゆず茶
유튜버　ユーチューバー
유튜브　ユーチューブ
유학　留学
유학생　留学生
육　六
육십　六十
육원　六ウォン
육학년　六年生
으　基本母音字 ㅡの名称
-(으)ㄹ까요?　～(し)ましょうか
-(으)니까　～するから、～ので、～すると
-(으)려고 하다　～(し)ようとする
으로　～で、～として、～に、～へ
-(으)세요　～(し)てください

은　～は
은행　銀行
을　～を
음가　音価
음악　音楽
응　うん
응원하다　応援する
의　合成母音字 ㅢの名称
의　～の
의사　医者
의자　椅子
이　基本母音字 ㅣの名称
이　二
이　～が
이　この
이 분　この方
이 아니에요　～ではありません
이 아니에요?　～ではありませんか
이거　これ
이건　これは
이것　これ
이게　これが
이다　～だ
이름　名前
이번　二番
이상하다　おかしい
이십　二十
이야　～だ
이야기　話
이야기하다　話する
이에요　～です
이에요?　～ですか
이월　二月
이유　理由
인형　人形
일　仕事
일　一
일　日
일곱　七つ
일곱 개　七個
일기　日記
일년　一年
일본　日本
일본사람　日本人
일본어　日本語
일어나다　起きる
일정　日程
읽다　読む
입니다　～です
입다　着る
입장료　入場料
입학　入学
있다　いる、ある
있어요?　ありますか、いますか
잊고 있다　忘れている
잊고 있었어요　忘れていました
잊다　忘れる

ㅈ(지읒)

ㅈ　基本子音字 지읒
자　では
자다　寝る
자장면　ジャージャー麺
자전거　自転車
자전거여행　自転車旅行
자주　しばしば、よく
작다　少ない
잔　杯
잘　よく
잘하다　上手だ
잠　睡眠
잠그다　締める
잠시만　少しだけ
잡다　つかむ
재료　材料
저　私
저　あの
저　あのう、ええと、ええ
저거　あれ
저건　あれは
저것　あれ
저게　あれが
저금　貯金
저기　あそこ
저녁　夕方、夕食
적다　少ない
적다　書く
전공　専門
전부　全部
전화　電話
전화번호　電話番号
전화해 드리다　電話してあげる
점원　店員
접다　折る
접시　皿
젓가락　箸
정말　本当に

제　私の
제일　一番
조깅　ジョギング
졸업　卒業
좀　ちょっと、少し
좁다　狭い
종이　紙
좋다　良い
좋아요　良いです、好いです
좋아하다　好きだ、好む
죄송합니다　すみません
주다　あげる、くれる
주말　週末
주문　注文
주문하다　注文する
주부　主婦
주스　ジュース
주의　注意
줄다리기　綱引き
중　中、うち
중국　中国
중국사람　中国人
중학교　中学校
중학생　中学生
쥐　ねずみ
즐겁다　楽しい
-지 않다　〜(し)ない
지갑　財布
지구　地球
지금　今
지내다　過ごす
지도　地図
-지 마세요　〜(し)なでください
-지만　〜だが、〜けれど
지우개　消しゴム
지우다　消す
지하철　地下鉄
직업　職業
짐　荷物
집　家
ㅉ　合成子音字 쌍지읒
짜다　しょっぱい
짧다　短い
짬뽕　ちゃんぽん
짬짜면　ちゃんちゃ麺

ㅊ(치읓)

ㅊ　基本子音字 치읓
차　車、お茶
차갑다　冷たい
차다　冷たい
물다　〜嚙む
참　まこと、実に
창문　窓
찾다　探す、(お金を)下ろす
책　本
책상　机
책장　本棚
처음　初めて
천　千
천만에요　どういたしまして
초대카드　招待カード
초대하다　招待する
초등학교　小学校
추다　踊る
축하　祝賀
춤　踊り
춥다　寒い
취미　趣味
취소하다　取り消す
치다　打つ
치마　スカート
치우다　片づける
친구　友達
친구야　友達よ
칠　七
칠십　七十
침대　ベッド

ㅋ(키읔)

ㅋ　基本子音字 키읔
카드　カード
카운터　カウンター
카트　カート
카페　カフェ
카페라테　カフェラテ
캐나다　カナダ
커피　コーヒー
커피숍　カフェ
컴퓨터　コンピューター
케이크　ケーキ
케익　ケーキ
코　鼻
코끼리　像
콜라　コーラ
쿠키　クッキー

크다　大きい
키우다　飼う
KTX　韓国の高速列車

ㅌ(티읕)

ㅌ　基本子音字 티읕
타다　乗る
태풍　台風
택배　宅配便
택시　タクシー
테니스　テニス
텔레비전　テレビ
토　土
토마토　トマト
토마토주스　トマトジュース
통하다　通じる

ㅍ(피읖)

ㅍ　基本子音字 피읖
파리　パリ
파티　パーティー
팔　八
팔다　売る
팔십　八十
편의점　コンビニ
편지　手紙
편하다　楽だ
포도　ぶどう
포도주스　ぶどうジュース
표준　標準
풀다　解く
피　血
피다　咲く
피우다　吸う

ㅎ(히읗)

ㅎ　基本子音字 히읗
하고　〜と
하나　一つ
하늘　空
하다　する
하루　一日
하루종일　一日中
하여　する、して
하여?　するか
하여요　します
하여요?　しますか
하였어요?　しましたか
학교　学校
학년　年生
학생　学生
학적번호　学籍番号
한 개　一個
한 병　一本、一瓶
한 잔　一杯
한 접시　一皿
한국　韓国
한국사람　韓国人
한국어　韓国語
한국음식　韓国料理
한글날　ハングルの日
한복　韓服、チマチョゴリ
한자　漢字
할머니　祖母
할아버지　祖父
항공사　航空会社
해　する、して
해 주다　してくれる、してあげる
해?　するか
해외　海外
해외여행　海外旅行
해요　します
해요?　しますか
핸드폰　携帯電話
햄버거　ハンバーガー
했어요?　しましたか
허리띠　ベルト
헤어지다　別れる
헬스장　ジム
형　兄
형제　兄弟
홍차　紅茶
화　火
화면　画面
화분　植木鉢
화장실　トイレ
확인하다　確認する
환전　両替
회사　会社
회사원　会社員
후　後
후배　後輩
휴지　ちり紙
힘들다　つらい、大変だ

IV 練習問題答案

第1課

P13 練習(1) 아 야 어 여 오 요 우 유 으 이

練習(2) 아VS어, 어VS오, 야VS여, 여VS요, 어VS으, 우VS으

P14 練習(3) 이/오, 아이, 오이, 여우, 우유, 이유

練習(4) 아이, 여우, 우유, 오이, 여유, 이유, 유아, 우아

練習(5) ①아/(어) ②오/(우) ③어/(오) ④으/(이) ⑤(오이)/아이 ⑥이유/(여유) ⑦여유/(여우) ⑧(우유)/유아

第2課

P16 練習(1) ㄱ ㄴ ㄷ ㄹ ㅁ ㅂ ㅅ ㅇ ㅈ

P17 練習(2) 가 나 다 라 마 바 사 아 자

練習(3) 고기[코기], 나비[나비], 구두[쿠두], 나무[나무], 유리[유리], 가수[카수], 아버지[아버지], 어머니[어머니]

P18 練習(4) 야구[야구], 지도[치도], 요가[요가], 여자[여자], 바나나[파나나], 모자[모자], 나라[나라], 바지[파지], 바다[파다], 두부[투부], 머리[머리], 우리[우리], 버스[퍼스], 누나[누나], 주스[추스], 고구마[코구마]

練習(5) ①마리/(머리) ②(모자)/부자 ③(부모)/보모 ④나무/(너무) ⑤구두/(두부) ⑥(지구)/시구

第3課

P20 練習(1) ㅊ ㅋ ㅌ ㅍ ㅎ ㄲ ㄸ ㅃ ㅆ ㅉ

P21 練習(2) 코, 차, 파리, 기타, 토마토, 오빠, 휴지, 코끼리

練習(3) 아빠[아빠], 도토리[토토리], 꼬리[꼬리], 허리띠[허리띠], 포도[포도], 고추[코추], 커피[커피], 치마[치마], 노트[노트], 뿌리[뿌리], 아저씨[아저씨]

P23 練習(4) 개, 게, 애기, 시계, 사과, 돼지, 가위, 회사

練習(5) 네/예, 뭐, 과자, 해외, 샤워, 귀, 웨이터, 의자, 예매

練習(6) ①(왜)/와 ②웨/(워) ③(의)/위 ④애기/(얘기) ⑤지/(쥐) ⑥(과자)/겨자

P24 練習(7) ①보도/(포도) ②부리/(뿌리) ③카드/(카트) ④고리/(꼬리) ⑤타다/(따다) ⑥(차다)/짜다 ⑦(사다)/싸다 ⑧피/(비)

練習(8) ①스웨터-sweater ②워터-water ③메뉴-menu ④샤워-shower ⑤스위스-Swiss ⑥웨이트-waiter ⑦아프리카-Africa ⑧유튜브-YouTube ⑨슈퍼스타-superstar ⑩캐나다-Canada

第4課

P26 練習(1) 수박[수박], 학교[학꾜], 가족[가족], 닭[닥], 숟가락[숟까락], 젓가락[전까락] 꽃[꼳], 맛있다[마싣따], 집[집], 비빔밥[피빔빱], 지갑[지갑], 아홉[아홉], 물[물],

하늘[하늘], 일본[일본], 할머니[할머니], 곰[곰], 이름[이름], 사람[사람], 김치[김치], 눈물[눈물], 친구[친구], 언니[언니], 신문[신문], 강[강], 홍차[홍차], 가방[가방], 냉장고[냉장고]

P27 練習(2) 봄[폼], 여름[여름], 가을[카을], 겨울[켜울], 한국[항국], 식당[식땅], 우산[우산], 사랑[사랑], 좋다[조타], 여덟[여덜], 읽다[익따], 마음[마음], 책[책], 학생[학쌩], 공책[콩책]

練習(3) ①방/(밖) ②술/(숲) ③(곧)/공 ④시작/(시장) ⑤(얼마)/엄마 ⑥사랑/(사람)

P28 練習(4) ①음악[으막] ②전화[저놔] ③일본어[일보너] ④괜찮아요[괜차나요] ⑤강아지[강아지] ⑥많이[마니]

第5課

P30 練習(1) ①좋다[조타] ②입학[이팍] ③국물[궁물] ④입니다[임니다] ⑤축하[추카] ⑥굳이[구지]

P32 練習(2) ①홋카이도 ②규슈 ③센다이 ④후쿠오카 ⑤도쿄 ⑥오키나와 ⑦나고야 ⑧가토 교코 ⑨교토 ⑩센 지히로 ⑪오사카 ⑫스즈키 류

練習(3) 名前：하마사키 미유/ 出身地：아이치현 나고야시

第6課

P38 練習(1) ①코끼리(는) ②곰(은) ③취미(는) ④전공(도) ⑤시계(도) ⑥우산(은)

P39 練習(2) ①야마다 씨는 일본사람이에요. ②오빠는 대학생이에요. ③제 전공은 수학이에요. ④제 취미는 노래예요. ⑤우리 할머니는 간호사예요. ⑥우리 할아버지는 의사예요.

P40 練習(3) ①네, 중국사람이에요. ②아니요, 캐나다사람이에요. ③아니요, 미국사람이에요.

P41 会話・作文練習(1) ①A：이름이 뭐예요? B：저는 양양이에요. A：어느 나라 사람이에요? B：저는 중국사람이에요. ②A：이름이 뭐예요? B：저는 마틴이에요. A：어느 나라 사람이에요? B：저는 미국사람이에요. ③A：이름이 뭐예요? B：저는 까를로스예요. A：어느 나라 사람이에요? B：저는 브라질사람이에요. ④A：이름이 뭐예요? B：저는 민수예요. A：어느 나라 사람이에요? B：저는 한국사람이에요.

会話・作文練習(2) ①유야 씨는 일본사람이에요. 직업은 대학생이에요. ②마틴 씨는 미국사람이에요. 직업은 선생님이에요. ③양양 씨는 중국사람이에요. 직업은 모델이에요.

第7課

P43 練習(1) ①의사(가) ②친구(하고) ③직업(이) ④회사원(이) ⑤배우(하고) ⑥아이들(이)

P44 練習(2) ①모델이 아니에요. ②두부가 아니에요. ③회사원이 아니에요. ④비빔밥이 아니에요. ⑤공책이 아니에요. ⑥눈물이 아니에요.

P45 練習(3) ①네, 의사가 아니에요. 간호사예요. ②아니요, 회사원이 아니에요. 주부예요. ③아니요, 김치가 아니에요. 나물이에요.

P45 会話・作文練習(1) ①A：마틴 씨는 미국사람이에요?
B：네, 미국사람이에요. 영국사람이 아니에요. ②A：까를로스 씨는 간호사예요?
B：네, 간호사예요. 의사가 아니에요. ③A：민수 씨는 회사원이에요? B：네, 회사원이에요.
가수가 아니에요. ④A：양양 씨는 학생이에요? B：네, 저는 학생이에요. 선생님이 아니에요.
会話・作文練習(2) ①이 사람은 양양 씨예요. 양양 씨는 중국사람이에요. 유학생이에요.
②이 사람은 마틴 씨예요. 마틴 씨는 미국사람이에요. 요리사예요.

第8課

P48 練習(1) ①극장(에서) ②시장(에서) ③가을(부터) ④도서관(에서) ⑤주말(까지) ⑥미국(까지)
P49 練習(2) ①닭고기가 있어요, 소고기는 없어요. ②가방이 있어요, 지갑은 없어요.
③전화가 있어요, 핸드폰은 없어요. ④연필이 있어요, 지우개는 없어요.
⑤방이 있어요, 화장실은 없어요. ⑥과자가 있어요, 사과는 없어요.
P50 練習(3) 우리 가족은 할머니, 아버지, 어머니가 있어요. 오빠하고 남동생도 있어요.
P51 会話・作文練習(1) A：방에 텔레비전이 있어요? B：네, 있어요/ 아뇨, 없어요.
会話・作文練習(2) 우리 가족은 할머니, 엄마, 언니가 있어요. 남동생하고 여동생도 있어요.
할머니는 의사예요. 엄마는 주부예요.

第9課

P53 練習(1) ①그것은(=그건) 소고기예요. ②저 사람이에요. ③저것은(=저건) 뭐예요?
④어느 가방이에요? ⑤이 모자예요. ⑥이것(=이거) 주세요.
P54 練習(2) ①편의점이 어디예요? ②이 분이 누구예요? ③생일이 언제예요?
P55 練習(3) ①이것은 미유 씨의 핸드폰이에요? 네, 미유 씨의 핸드폰이에요.
②이것은 수길 씨의 볼펜이에요? 아니요, 선생님의 볼펜이에요.
③이 선물은 누구 것이에요? (=누구 거예요?) 제 것이에요. (=제 거예요.)
P56 会話・作文練習(1) ①A：이것은 뭐예요? B：그것은 시계예요.
A：이것은 누구의 시계예요? B：어머니 거예요. ②A：이것은 뭐예요?
B：그것은 한국어 사전이에요. A：이것은 누구의 한국어 사전이에요? B：선생님 거예요.
③A：이것은 뭐예요? B：그것은 핸드폰이에요. A：이것은 누구의 핸드폰이에요?
B：친구 거예요. ④A：이것은 뭐예요? B：그것은 노트북이에요.
A：이것은 누구의 노트북이에요? B：제 거예요.

第10課

P58 練習(1) 점원：주문 받겠습니다. 손님：아메리카노 하나하고 쿠키 둘 주세요.
점원：네, 알겠습니다.
P59 練習(2) ①구두는 문 밖에 있어요. ②시계는 책상 위에 있어요.
③책은 공책 아래에 있어요. ④연필은 카운터 뒤에 있어요.
P61 会話・作文練習(1) ①A：침대는 어디에 있어요? B：침대는 창문 아래에 있어요.

A：창문은 어디에 있어요? B：창문은 침대 위에 있어요. ②A：인형은 어디에 있어요?
B：인형은 없어요. A：화분은 어디에 있어요? B：화분은 문 오른쪽에 있어요.
③A：스탠드는 어디에 있어요? B：스탠드는 침대 옆에 있어요. A：노트북은 어디에 있어요?
B：노트북은 없어요. ④A：의자는 어디에 있어요? B：의자는 책상 앞에 있어요.
A：문은 어디에 있어요? B：문은 화분 옆에 있어요. ⑤A：텔레비전은 어디에 있어요?
B：텔레비전은 없어요. A：책은 어디에 있어요? B：책도 없어요. ⑥A：시계는 어디에 있어요?
B：시계는 책상 위에 있어요. A：스탠드는 어디에 있어요? B：스탠드는 창문 앞에 있어요.
⑦A：책상은 어디에 있어요? B：책상은 침대 오른쪽에 있어요. A：책은 어디에 있어요?
B：책은 없어요. ⑧A：화분은 어디에 있어요? B：화분은 방 안에 있어요. A：문은 어디에 있어요?
B：문은 화분 왼쪽에 있어요.

第11課

P64 **練習(1)** 일년, 일월, 일일, 일분, 일번, 일원
練習(2) ①제 생일은 (십이월 이십오일)이에요. ②(십분) 후에 도착해요.
③입장료는 (삼천원)이에요. ④학적번호는 (이공이사학번)이에요.
P66 **練習(3)** ①열어요. ②닫아요. ③많아요. ④작아요. ⑤씻어요. ⑥걸어요. ⑦괜찮아요.
⑧떠들어요. ⑨자요. ⑩봐요. ⑪기다려요. ⑫지내요. ⑬타요. ⑭걸려요. ⑮피워요. ⑯싸요.
⑰뛰어요. ⑱달려요. ⑲원해요. ⑳통해요. ㉑있어요. ㉒없어요. ㉓깨끗해요. ㉔비슷해요.
P68 **会話・作文練習(1)** ①텔레비전을 봐요. ②책을 읽어요. ③이야기를 해요.
④모자를 찾아요. ⑤전화를 걸어요. ⑥커피를 마셔요. ⑦강아지하고 놀아요.
⑧한국어를 배워요. ⑨밥을 먹어요. ⑩잠을 자요.

第12課

P70 **練習(1)** ①김밥이 먹고 싶어요. (=김밥을 먹고 싶어요.)
②운동이 하고 싶어요. (=운동을 하고 싶어요.)
練習(2) ①해외 여행을 하고 싶어요. 파티도 열고 싶어요.
②자전거를 사고 싶어요. 저금도 하고 싶어요. ③유학을 하고 싶어요. 가게도 열고 싶어요.
P72 **練習(3)** ①뜨거워요. ②고마워요. ③차가워요. ④즐거워요. ⑤더워요. ⑥외로워요.
⑦더러워요. ⑧두꺼워요.
P73 **会話・作文練習(1)** ①아니요, 신문은 읽고 싶지 않아요.
②아니요, 한국어는 공부하고 싶지 않아요. ③아니요, 음악은 듣고 싶지 않아요.
④아니요, 노래는 부르고 싶지 않아요.
会話・作文練習(2) ①날씨가 더워요. ②김치가 매워요. ③시험이 어려워요.
④가방이 가벼워요. ⑤아기가 귀여워요. ⑥떡볶이가 매워요. ⑦숙제가 쉬워요.
⑧책이 무거워요.

第13課

P76 練習(1) ①커피숍에서 얘기할까요? ②동아리 모임에 갈까요? ③저 벤치에 앉을까요? ④한복을 입을까요? ⑤된장찌개를 끓일까요? ⑥일본어를 배울까요? ⑦좀 더 기다릴까요? ⑧왼쪽 창문을 닫을까요?

P77 練習(2) ①안아줘요./안아줄까요?/안아주세요. ②풀어요./풀까요?/푸세요. ③넘어요./넘을까요?/넘으세요. ④연습해요./연습할까요?/연습하세요. ⑤확인해요./확인할까요?/확인하세요. ⑥움직여요./움직일까요?/움직이세요. ⑦웃어요./웃을까요?/웃으세요. ⑧울어요./울까요?/우세요. ⑨씹어요./씹을까요?/씹으세요. ⑩벗어요./벗을까요?/벗으세요.

P78 会話・作文練習(1) ①A:B씨, 우리 오늘 점심을 먹을까요? B:미안해요. 오늘은 시간이 없어요. A:그럼 내일 먹을까요? B:네, 좋아요. 그렇게 해요. ②A:B씨, 우리 오늘 공원에 갈까요? B:미안해요. 오늘은 날씨가 추워요. A:그럼 영화를 볼까요? B:네, 좋아요. 그렇게 해요. ③A:B씨, 우리 오늘 테니스를 칠까요? B:미안해요. 오늘은 약속이 있어요. A:그럼 목요일에 칠까요? B:네, 좋아요. 그렇게 해요. ④A:B씨, 우리 오늘 산에 갈까요? B:미안해요. 오늘은 날씨가 너무 더워요. A:그럼 수영장에 갈까요? B:네, 좋아요. 그렇게 해요.

第14課

P80 練習(1) ①한국요리를 만들고 있어요. ②K-POP(케이 팝)을 듣고 있어요. ③영화를 보고 있어요.

練習(2) ①양양은 응원하고 있어요. ②민수는 도시락을 먹고 있어요. ③제니는 춤을 추고 있어요. ④케빈은 줄다리기를 하고 있어요. ⑤야마다는 물을 마시고 있어요.

P81 練習(3) ①안 싸워요./싸우지 않아요./싸우지 마세요.
②안 버려요./버리지 않아요./버리지 마세요.
③안 넘어져요./넘어지지 않아요./넘어지지 마세요.
④안 잊어요./잊지 않아요./잊지 마세요.
⑤초대 안해요./초대하지 않아요./초대하지 마세요.
⑥안 시켜요./시키지 않아요./시키지 마세요.
⑦안 가져와요./가져오지 않아요./가져오지 마세요.
⑧안 일어나요./일어나지 않아요./일어나지 마세요.
⑨안 걸려요./걸리지 않아요./걸리지 마세요.
⑩안 올려놓아요./올려놓지 않아요./올려놓지 마세요.

P83 練習(4) ①고파요. ②나빠요. ③모아요. ④잠가요. ⑤꺼요. ⑥떠요.

P84 会話・作文練習(1-1) ①편지 ②(일기) ③초대카드 (1-2) ①○ ②× ③○ ④×

会話・作文練習(2) 6월 16일 토요일

남친하고 대학로에 갔어요. 같이 연극을 보고, 점심을 먹었어요. 오늘은 중국요리를 먹었어요. 짜장면하고 짬뽕을 시켰어요. 가게는 작지만 음식은 깨끗하고 맛있었어요. 오늘도 하루가 금방 지나갔어요.

第15課

P87 練習(1) ①한복을 입으려고 해요. ②예약을 취소하려고 해요. ③택배를 보내려고 해요. ④기념품을 사려고 해요. ⑤불고기를 만들려고 해요. ⑥강아지 사진을 찍으려고 해요. ⑦일정을 변경하려고 해요.

P88 練習(2) ①살아요. ②삽니다. ③사세요. ④살려고 해요. ⑤벌어요. ⑥법니다. ⑦벌까요? ⑧버니까요.

練習(3) ①기억해요./기억하려고 해요./기억합니다.
②헤어져요./헤어지려고 해요./헤어집니다. ③어울려요./어울리려고 해요./어울립니다.
④물어요./물려고 해요./뭅니다. ⑤치워요./치우려고 해요./치웁니다.
⑥알려요./알리려고 해요./알립니다. ⑦빨아요./빨려고 해요./빱니다.

P89 会話・作文練習(1) ①불고기를 만듭니다. ②집에서 쉽니다. ③문을 닫겠습니다. ④숙제가 있습니다.

会話・作文練習(2) 다음 주에 세차를 하려고 해요./ 다음 주에 빨래를 하려고 해요./ 다음 주에 은행에서 환전을 하려고 해요./ 다음 주에 할머니와 산책을 하려고 해요./ 다음 주에 친구의 생일선물 쇼핑을 하려고 해요./ 다음 주에 도서관에서 시험공부를 하려고 해요.

著 者
曺述燮
（愛知淑徳大学教授）

柳朱燕
（愛知淑徳大学准教授）

첫단계 한국어　はじめての韓国語

2024 年　3 月　25 日　初版発行

著　者　曺 述 燮・柳 朱 燕
発行者　佐藤 和幸
発行所　株式会社　白帝社
〒 171-0014 東京都豊島区池袋 2-65-1
電話 03-3986-3271　FAX 03-3986-3272
https://www.hakuteisha.co.jp
組版・イラスト・表紙デザイン　崔貞姫
印刷・製本　ティーケー出版印刷

Printed in Japan〈検印省略〉　ISBN978-4-86398-573-5